庫

もう生まれたくない

長嶋 有

講談社

目次

もう生まれたくない

2011年7月

空母の中に郵便局がある。

正方形の絨毯素材（なんと呼ぶのかは分からないが、きっと呼び名がある）を敷き詰めた廊下を歩きながら、首藤春菜（しゅとうはるな）は船内と、その中の郵便局を思っていた。

春菜が本来すべき仕事ではないのだが、ドクターに投函を頼まれた封書を携え、八階からエレベーターで二階に下りる。春菜の勤めるA大学は広いので、学内に理髪店や郵便局まであると知ってはいた。普段降り立つことのない二階は別棟ともつながっており、みえないところまで活気ある声音や気配が感じられた。震災以後続く節電措置で、建物内の蛍光灯の多くは抜き取られているが、ここには長い夏休みに入る寸前の浮かれた気分もある。暗い上にしんと静まっただけの八階とは別世界だ。

ナース帽と、いかにもなナース服ではないがそれらしいクリーム色の制服で歩く様は目をひくのだろう、廊下の若者たちの視線が春菜に伝わる。春菜は医者でも看護師でもない。ずっと総務に勤めていたのに人事異動で、なぜか今期から学内診療室の受付をしている。春菜の気持ちとしては、しているというよりさせられているという感じだ。

いや、そのように言語化するとそれはそれで強過ぎる、別に受付の仕事内容に不平があるわけではない。だがナース帽に限っては、別にしたくてしてるんじゃないと申し開きをしたい（どこに？）。看護師免許もないのに。

しかし今、その格好をしていることを春菜はほとんど忘れて歩いた。幅広の階段のあるホールから分岐した別棟への廊下に、郵便局はあった。

もちろん、驚かない。本当にあるのか、などと疑ったわけではない。なにしろ規模の大きい学校だ。A大学にもう五年勤めているが、いったことのない区域、入ったことのない校舎ばかり。いくつか取り壊して、新校舎を作る計画も進んでいる。

ドアを押して、郵便局が開いていないことに気付く。日曜日だった。脇のポストに封書を投函する。

手ぶらになって春菜は歩く。そっけなくし、すっすと歩いているが春菜の脳内では空想が続いている。自分が今歩いているのが空母の中で、郵便局があることにワクワクしている。

そのことは一つ前の職場の、待合室に常備された小学生新聞に載っていたのだ。

春菜は小学生や中高生向けに作られた新聞が好きだった。国政のトピックを漫画で説明してくれるし、英語の問題文を読むのも自分の英語力と照らしてほどよい勉強になる。気に入って、古いのを持ち帰って読むようになった。夕刊フジとか日刊ゲンダイと同じサイズだから、春菜の夫はまだ付き合う前、駅のホームで電車を待ちながら広げている彼女の姿をみて「おやじ女」と思ったそうだ。

初めていった学内郵便局の、奥の廊下には工事現場のコーンがみえた。先の地震で内壁にヒビが入ったというのは、あのあたりのことか？　思案しながらエレベーターホールまで戻ってきた。ビルは中央にエレベーターが通っていて、だからどの階もエレベーターホールが真ん中にあり、四方の壁面に種々の部屋が貼り付いている。右回りでも左回りでも、診療室まではほぼ等距離だ。

（今日は左から）第一から第三までの会議室、第一、第二資料庫とあり、直角に折れると診療室だけがドアノブがない引き戸で、退勤時まで開きっぱなしだった。保健室ではなく診療室なのか、と初出勤の際には思った。

受付のカウンターは天井まで透明アクリルの板で区切られている。診療室の文字の脇にＡＥＤ装置のマーク。受付に入る。空母の中にももちろん、診療室があるだろう。ここのように月－金の通い医者ではない、専属の軍医が24時間7日間（トウエンティフォーセブン）、常駐しているだろう。

なさそうなところに医院や郵便局があることだけを面白がっているわけではない。空母が面白いのだ。特に空母の中の郵便局というのは、独特の意味があり、比喩的な存在に感じられる。春菜には「喩え」を尊ぶ気持ちがある。「喩え」に対して尊敬の念があるなんて、言葉にすると変だが、そうなのだ。

アメリカ海軍の誇る巨大空母ミッドなんちゃら号には数千人が乗船している、というよりは「暮らしている」。四人部屋、二等船室の上段ベッドで普段は筋トレばかりしているニキビ面の上等兵が夜中にうつぶせで書いた、遠くアイオワに暮らす愛しい恋人に宛てたたどたどしいながらも真情のこもった手紙。だがポストに投じられてもしばらくの間、それはどこにも届くことはない。郵便局のカウンター背後の巨大な麻袋におさまったままだ。インド洋を航行する巨大タンカーを、駆逐艦数隻を伴う大船団で護送する役目を終え、グアムの港に接岸するまでの何十日かの間、それらは動かない。

妻や恋人や子供たちへの思いの丈を綴った言葉群は、薄暗い郵便局のバックヤードでひっそりとひたすら待ち続ける。妻や恋人を待ち焦がれる人間もまた、どこかの陸に接岸する日を待ち望むが、言葉は言葉で待つことになる。

港を。人と同じく、待つ。

自分ならどうする。春菜は考える。自分なら、というのは、春菜が空母に乗船していたらということだ。グアム島に接岸するその直前まで手紙を推敲するだろうか。それだったら、接岸してから陸地で投函すればよいことになりはしないか。何通も、書けた端から船内のポストに入れるだろうか。もしかしたら、郵便マークを機体にペイントした真っ赤なF14トムキャット郵便機が毎日のようにガンガン飛び立って、運んでくれているだろうか。

夫に手紙を書いたことなど、これまでも一度もない。もっぱらメールでやり取りだ。

だがもし。ここが空母なら、どうだろう。壁をみる。がん検診や人間ドックを促すポスターが貼ってあるが、そうではない、リベットの打ち込まれた丸枠の小窓と、その向こうに海原を見いだす。春菜の乗船した空母は海上を時速数十ノットで動いているが、その中で人は少しも動けない。郵便局から床屋まで揃っているがとても不自由な、そういう矛盾のような世界に身を置いていたら、自分もまた冷静さと裏腹の熱烈さを自然、手に入れるんじゃないかしら。

ちょうど、夫からメールが届く。仕事中だが、スマートフォンを取り出して急ぎ文字を追う。晩飯は食べて帰ることになったようだ。別にがっかりしない。熱烈な文面を相手に期待していたわけではない。そうなのだ。こういう話題はうっかり誰かに打ち明けるとしばしば「要するに、熱い恋がしたいのね」などと取られてしまう。空母の郵便局が素敵だ、という気持ち「だけ」を汲んでくれないから、あまり他人には言わないことにしている。

白いカウンターの背後の診察ルームに入るが、無人だった。今日は休診のはずだがドクターのいつもの鞄はまだ置かれている。少し前に頼まれていた買い物の領収書を置きにドクターの机に近付くと、小学生新聞によく似た夕刊紙が置いてあった。色調の整えられた最新設備に囲まれて採光も考えられた清潔な診察ルームに、不似合いなノイズのようにそれはあった。見出しには政治家の不祥事について書かれている。

「アーイドーンナーンタラ、テイクダーン」映画『トップガン』の劇中曲をうろ覚えのまま口ずさみ、古いなと思う。『トップガン』は飛行機の映画で、空母は登場するものの、特に主要な舞台ではないことも知っている。心で笑いながら春菜は夕刊紙を手に取った。カウンターに持っていってはまずいが、ここでなら一瞬、めくってもいいだろう。それに、紙には既にドクターがすべてをめくって熟読し終えた形跡がある。

誰かにめくられる前の新聞は、まっさらに整っている。それで、最初にめくるべき人が定まっている感じがする。

一度でも誰かがめくった新聞は、そのあとどんなに丁寧に畳んでみても、最初のまっさらの新聞には戻らない。ノートや本ならば「こっそりつまみぐい」のように「先にみても」バレないかもしれないけど、新聞はダメだ。傍らの、患者が背中やお腹をみせて寝そべるための黒い長椅子に腰を下ろし、足をくんで本格的にめくりはじめる。

　ＴＡＩＪＩ死去。中面に極太の文字で大書されている。タイジって誰だっけ。あ、たしか、Ｘ　ＪＡＰＡＮの人だ。

「首藤さん」背後から咎めるような声がかかり、春菜はガサガサとあわてて畳もうとして夕刊紙を落としてしまった。

　振り向くと開けていた扉ごしに小波美里（こなみみさと）がカウンター前に立っているのがみえた。両手に荷物を抱えていたが、その手のひらを片方ひらいて動かした。そうしながら「眼鏡……」とつぶやいた。

「これ、資材部からです。それとこれは、根津（ねづ）さんから」小波美里は平たい段ボール箱の重なったものをカウンターに置き、その上に大学のロゴの記された紙袋も置いた。伝票に首藤春菜からサインをもらい「ＴＡＩＪＩが……」と呟いた。春菜が置いた、親父向けの夕刊紙の見出しが目に入ったのだ。へえ、Ｘ　ＪＡＰＡＮの人、また死んだのか。前にも誰か亡くなって、話題になった。

「お互い日曜出勤か」

「こっちはもうすぐ帰るよ」

「小波さん、タイジ好きだったの？」

「違います」美里は笑って首をふった。好みではない人について「好きなの？」と誤解されたときみたいな大仰な否定ぶりになってしまったが、それ以前に死去の報に接して笑うのは不謹慎だ（と、このときは思い至らなかった）。ＴＡＩＪＩについて言葉を続けようとして、やめる。説明が面倒だ。

「私の高校時代の彼はカーステレオで『ブルーブラッド』しかかけなかったよ」ブルー、ブラーッド！　春菜は険しい目つきをして、なにかのアニメの必殺技みたいな声音をあげた。春菜はＸ　ＪＡＰＡＮのメジャーデビューアルバム『ブルーブラッド』冒頭の、ボーカルＴｏｓｈｌの叫びを再現したのが、美里にはまったく伝わらなかった。

「私、その、Ｘ　ＪＡＰＡＮの人にあったことある」春菜に対抗しなければならないと思ったわけではないが、美里は思い出していった。

「マジ!?　どうだった、歯欠けてた？」いいつのりながら、春菜はまるで驚いたそぶりをみせない。ＴＡＩＪＩって、歯が欠けてるのか。

「いや……待てよ、TAIJIじゃなかったかも」美里はうろ覚えだった。

「なにそれ、どういうことよ」

「ええとね」そもそも、現実には美里は誰にも会ってない。会ったのはテレビゲームの中での話だ。説明する前に、二人から等距離に置かれた内線の電話が鳴った。

「はい診療室……あ、ドクター、はい、はい……今どちらに……」じゃあねといわずに立ち去るのもなと考え電話の終わるのを待ちながら、美里は手持ち無沙汰にTAIJIのことを思い出そうとした。セガサターンのX　JAPANのゲームの中で、美里は、メンバーの誰かに酒を届けた記憶がある。

「堂にいってるね」電話を切って、受付はしないが一応という足取りで（実際には残務を処理するのだろうが）カウンターの椅子に戻った春菜の、ナース帽を褒めてみた。

「『似合うね』じゃなく？」みあげてもみえないだろうに、春菜はナース帽を気にして首を動かす。帽子よりも、美里は春菜の眼鏡姿に感じ入ったのだった。かつての春菜はコンタクトだったが、今日だけたまたまだろうか、それとも新しい仕事の都合でそうなったのか。とにかく眼鏡をかけた春菜は理知的な印象が強まり、似合っている。

「診療室の受付って大変？」春までは二人、総務部のはす向かいに机を並べていた。最初、丁寧な応答になってしまったが、かつて軽口を交わしあえた気安い関係を、徐々に取り戻してきた。数年前に産休をとった際にも、その後の育児シフトでも春菜にはお世話になったし、今春の彼女の異動をことのほか寂しく思ったのだ。

「夏休み前から休講の先生も多いし。たまに保健室と間違えて寝にくる若者を追い返すくらいで。他の学生も先生も、眠剤もらいにくる人ばっかり」

「え、ベッドないんだ」体を傾け、奥を覗くそぶりをしたが、真剣に確認したいわけでもない。

「ないんだよ」自分が寝たかったのに残念、というニュアンスの、舌打ち交じりの言い方を春菜はした。

「でも、くるんだ、寝に」

「教授も学生も、それこそ高校生みたいなあどけない顔してひっきりなしに……」

「そうか」

「甘ったれなのよ」

「誰も彼も、眠れないんだな」美里は呟いた。段ボール箱に書かれている品名は睡眠薬ではなく、カルテかなにかの用紙のようだった。

「あと、受付時間中ずっと、『カレーマルシェ』のコマーシャルみたいな音楽がかすかに鳴ってて……」

「クラシック？」

「……の、ピアノの。別に嫌いとかじゃないけど、ずっとだと飽きる」いいながら春菜は段ボール箱ではなく紙袋をガサガサいわせて中身を取り出して、あぁ、と小さく納得の声をあげた。

「分かる」美里の脳内でも、いきつけの歯科でかかるオルゴールのＪポップが、本家の印象を凌駕してしまっている。

「ネズミは元気そう？」美里が分からない表情を浮かべたので春菜はすぐに「根津さん」と言い足した。根津神子(みこ)の下の名は「みこ」と読むからねづみこでネズミだと教わった。なんだそれ。大人が大人につけるあだ名ではない、小学生じみた命名ではないか。

　根津さんはＡ大学の清掃員だ。資材部、総務部のある六号館も彼女が管轄するようになったのは一年前だが実はベテランだ。

「そっか、根津さんと首藤さんは付き合い長いんだよね」

「いや、震災の日からだよ、煙草をもらってから」へえ。たまになにか紙袋を貸し借りしたりして、とても親密にみえていたのだった。

「根津さん元気です、背筋のびてますよ」バケツを持っていても、モップを使っていても。大柄で肩幅もある根津さんに似合わないあだ名なのを少し遅れて面白く感じ始める。やり取りが少なくても、総務部の誰もが「掃除の根津さん」のことを好もしく思っている。「掃除の」といえば続くフレーズは「おばちゃん」だが、おばちゃんというには少し若く、美里は色っぽささえ感じている。

予鈴が鳴った。全館に等しく鳴るチャイムは授業を区切るためのものだが、教員だけでなく事務仕事の職員達も、休憩や退勤などこの予鈴にあわせて行動することが多い。今日は日曜だが、いつもなら六限が始まる。

電話のベルは、その鳴り始めでもう人の体が動く（さっきの春菜もそうだった）けど、学校のチャイムは顔を見合わせたり、少し耳をすませてから行動をとる。

「いかなきゃ」やはり一拍おき、美里はカウンターに置いていた手を離した。次に呑む時は根津さんを誘おうと言いあう。診療室を出て廊下に戻り、途中、コピー用紙を運んでいるらしい手押し台車と台車を押す男をよけて（右回りで）エレベーターホールに戻る。

エレベーターの扉が開くとトレーにポットとコーヒーカップを載せた女性が出て来

て入れ替わった。この階に応接室なんてあったか、誰に届けるのだろう。

たしか、ＴＡＩＪＩに酒を届けた際、トレーには載せなかった。記憶が少しだけ蘇った。トリスみたいな瓶をじかに手渡ししたのだった。エレベーターを降り校舎を出て、蝉時雨を聞きながら隣の六号館まで歩く。さっきの棟と姉妹のように似た六号館の、また人気のない廊下を右に巻いて歩いた。セガサターンのＸ　ＪＡＰＡＮのゲームで、最初に会えるのがＴＡＩＪＩだった気がする。東京ドームでコンサートを行うＸ　ＪＡＰＡＮの楽屋に潜入してメンバーの信頼を得て、ライブ映像を撮影するのが目的という、変なゲームだった。おっかないガードマンに何度も道をふさがれて、すぐにゲームオーバーになった。やはり人のいない廊下を歩いた記憶がある。とても無機的だった。テレビゲームの中だから「無関係の」「そこらの」人が、そこにはいない。台車を押す人や、ポットを持った、脇役とも呼べないような「他人」が「いない」のだ。

そうかそうか、あのときの彼、死んだのか。実際には会ったことのない人間との間に、やり取りの思い出があるなんて不思議だな。

しみじみしたが、（後述するとおり）美里の記憶は間違っている。セガサターンのＸ　ＪＡＰＡＮのゲームにＴＡＩＪＩは出てこない（ゲームの発売時、すでに彼はバンドを脱退した後だ）。美里はテレビゲーム好きだが、X JAPANのファンではなかった。ファンではないのに、その、ゲームとしての珍しさゆえ「きわもの」のように買ったのだった。たいしたゲームではないが、悪い印象もない。

宏と付き合っていたころだ。のちに離婚することになる元夫と、一緒に暮らそうかと言いあっていたころに、二人で遊んだ。ゲームの出来がどうであれ印象が悪くないのは、若い、幸福をまとった思い出でもあるからか。もう、ずいぶん昔の話だ。

別の間違いには不意に気がついた。総務部の入り口の前でそうだと声が出る。ピアニストがピアノを弾くカレーのコマーシャルは「カレーマルシェ」ではない、「ハウスザ・カリー」だ。

振り向きそうになって、思いとどまる。わざわざ訂正に戻るようなことでもない。

予鈴が鳴り終わったころ、根津神子は学食に入った。端に定めたいつもの席の、一個手前の椅子に新聞がみえた。誰かが場所取りに置いたものかもしれないが、ずいぶんくたびれている。もし持ち主が現れたら謝って返せばいいや。立ち上がり、手に取って席に戻る。

三角巾こそ外していたが作業着姿の神子が端の席で食事をする、あるいはお茶を飲む姿を、普段ここを利用する多くの者は景色のようなものとみなしていて、だからか常にこの時間、そこの席は空いていた。

プラスチックの分厚い湯のみにいれたお茶を口に含み、神子はまず新聞の日付を確認した。首藤春菜が新聞に対して抱く「誰かに読まれた」風にくたびれており、熟読されたどころか、もしかして今日の新聞ではないのではないかと疑ったのだ。音を立てて紙面をめくり「人生相談」の欄をまず読んだ。

「『義弟夫婦、実家に居座り』か」見出しだけをまずみて、自分ならなんと答えるかを心中で考えてみる。回答者は弁護士だ。質問の本文を、それから弁護士の回答をゆっくり読んだ。人生相談を読む際、神子はいつもそうする。回答の欄を手で隠し気味にして、相談だけを目に入れる。そして先生はどう答えているかを予想する。（もっとしっかりとして下さい。はっきりと義弟にじかに思いを伝えるべきです、かな）。自分ならどう答えるかも考え合わせて、クロスワードの正解を突き合わせるように楽しむ。今回の「正解」は、夫にはっきり意見を伝えろ、だった。

「……七十点」回答ぶりに採点をし、それから意外な記事に目がとまる。トムラウシで起きた遭難事故の記事に目がいった。昨日が三回忌だったという。事件事故とは無縁のはずの家庭欄なのにとまず思うが、あれから事故を防ぐために施行された方策、山登りの際の注意点が記されているようで合点はいった。

トムラウシという奇妙な名前の山の事件を神子は覚えていて、え、もう三回忌?とまずは思った。去年でないとは思うが、三年も前だったか、と。

北海道大雪山系のトムラウシ山で山岳ガイドを含めた登山者八名が亡くなった。その同じ日、同じころに神子の親戚のおじさん(叔母の旦那さん)も同じあたりを登っていたことが後に判明したので、余計に印象深いものになった。

そのことを知る前から、気になっていろいろ調べ、当時の状況をまとめた報告書をネット上で読み、神子は落涙した。どこかの誰かの事故を、もちろん神子は「痛ましい」と感じはするが、まったくの他人のことで落涙したのは、それが初めてのことだった。

落涙に驚いたことも含めて思い出した。その後、震災というもっと大規模な出来事が起きて、たくさんの記事やドキュメントを目にしたのに、落涙まではしなかった。

報告書は息詰るものだった。さして長くないこの記事も、きちんと読み終えるのには力がいるかもしれない。神子は食事をとることに決めて立ち上がる。今日は早上がりの日で、あとロッカーで着替えて帰るだけだったから、なにも学食にする必要はなかったのだが、腰を据える気になったのだ。

厨房のおばさんは、食器ではない、なにか大きな物を洗う時特有の、強い水流と金属の音を響かせている。

「あら、今日は遅いね」気配に気付き、おばさんは水を止めた。神子の顔をみるとおばさんの顔がほころんだ。神子は学内の誰からも笑顔を向けられる。朝早く、ポリッシャーを押していても、バケツとモップを持って階段を上がっているときも、通り過ぎる多くの者が笑顔で挨拶をしてくる。人気者というのではないが、清掃員にしては特徴的ななにかを感じ取られているのだろうという自覚が神子にはある。

「もう、今日はあがりなんで」

「だったら、こんなとこで食べなさんなよ」

「ここのご飯、好きですから」神子のお世辞を信じないという風に首を振りながら、おばさんは一品おまけしてくれた。水平にトレーを持って定席に戻る。

悪天候で「台風なみの風雨と低温にさらされ、低体温症を引き起こした」とまとめた当時の報告書は、淡々とした記載と出来事の凄絶さとの間のギャップが激しかった。水に濡れ、「風の中を四つん這いで」進み、ついに「奇声をあげてしゃがみこむ」老人、プロなのに判断を誤るツアーガイドたち。だが記録によるとその直前まで「十数キロ」を全員で踏破、休憩所で「談笑」している。不意に弱った描写が出てきて、それからいとも簡単に「死亡」「死亡」の記載が続く。

　現場でニアミスしていた神子のおじさんが後になって口頭で教えてくれた言葉は、彼自身の感情が抑揚となって声音にも表現にも付加され、だからまるで淡々としていないものだった。だから当然より痛ましく深刻に聞こえ……るはずが、なぜだかそう思えなかった。語った場所が神子の父親の何回目かの法要の席だった——そういう集いは案外しめやかにならない——ことも関係していただろうか。和室の蛍光灯や、座卓のあちこちでビールを注ぎ合う気配が、会話の緊迫感を削いでいたのかもしれない。

「もう、ちょっとの差よ、ちょっとの差」雨雲も風も、刻々とその位置や様相を変える。そのときその場所、そのタイミングでだけ発生した恐ろしい状態に、おじさん達の参加したツアーはたまたまならず、その人達は遭遇した。話し聞かせるおじさんの様子はテレビでインタビューを受ける殺人事件の目撃者や、犯人宅の隣人の興奮した調子に似ていた。話の結論は「山は恐ろしい、山をなめてはいけない」という、登山しない者もなにかでさんざん聞いてきたフレーズに収斂したのだったが、神子にはもう少し、別の印象ももたらしていた。

　おじさんの言う「ちょっとの差よ」の「差」というのは端的に「死ぬか／死なならか

ったか」という意味だ。「飛行機を一便遅らせてたら墜落していた、という「直感」の話に、おじさんの話は似ている。でもなにかが違う。定食の沢庵を白米に載せ、一緒に口に運びながら、新聞の記事を読む。低体温症について、イラスト入りでの注意が喚起されている、その文言が、神子の知りたい不思議さへの答えではないのだが、熟読する。

「濡れた服は脱ぐ」「暖めるときは体の中心から」

おじさんは、飛行機の一便のように、翌日とか前の日とかに登山したから助かったのではない、当日、同じ場所を一時間くらい後に歩いて「ぴんぴん」している。また、死亡、重傷、軽傷、無傷というグラデーションではない、死ぬかぴんぴんしてるかの二択のように思える（トムラウシ遭難のツアー客でさえ、自力下山した者はその多くが「無傷」だった）。

「ちょっとの差よ」というおじさんの言葉が、実感をともなえばこそ出たものだということはもちろん神子にも伝わった。だが、その「差」をつかみかねる。ただの「運」のように聞こえるのに、そう受け止めることもできないのだ。

三月に起きた津波は、その高さが「数字で」発表された。その数字より高いところにのぼったら生き残り、低ければダメだった。あるいは、同じ建物の三階に逃げた人は死に、屋上の人は生き残った。

生と死って、そんな「分ち」方になるのか。生と死はデジタルな二種類だけで、でも数字は密で、ぎゅうぎゅうと身を寄せあって並び続けている。そうなのか。そうなんだけど。

「すごい顔で読んでる」上から声がかかる。ナース帽姿の首藤春菜がトレーを持って立っていた。目があったところで、神子の向かいに腰をおろした。

「日曜に珍しいね」

「まあね」

「ナースには慣れた？」そういえば診療室の受付になったと聞いていた。

「まーねー」一度目の「まあね」とは異なる発声の、あえて堂々とした態度をみせようという感じで春菜は答えた。

「前以上に、学生らに憧れられてるんじゃないの」神子は特にからかう調子でもなく尋ねる。

「ネズミ、山にのぼるの？」それには答えずに逆に質問をされた。

「いや」春菜からは、神子が真剣に記事を読み込んでいるようにみえたのだろう。

「うちは旦那が登りたがってて」

「登り『たがる』……登るのはこれからなの？」

「ていうか、アウトドアグッズだけ好きで、あの人」春菜の夫は近ごろアウトドア雑誌が大好きだ。

「へえ」

「よく『読み上げて』くれるよ、アウトドア雑誌の、能書きを」蓋を裏返したら小型フライパンにもなるアルミの鍋とか、片手で折り畳むことができて何十センチまでコンパクトになる椅子だとか、商品脇に記載された「機能」「性能」をただ読むだけで嬉しくなるのらしい。あなたみたいなミーハーが山になんかいったらすぐ遭難しちゃうよ、と、でも春菜は夫にいわずにいる。

「ねえ、この事故ってさ、三年も前だったっけか」新聞の見出しをみせ、定食を咀嚼しながらずっと思っていた「死」のことではない疑問を、神子は春菜に問うてみた。

「ちがうよ……あ、ネズミ、ついてる」春菜が自分の唇を触ったので、どっち、と指を口にあてる。ご飯粒を口に放り込むと春菜は微笑んだ。

「『三回忌』は、満二年」

一つ隣のテーブルに女子学生が近付いてきて、春菜の背後に腰を下ろした。食堂で買ったのではない、コーヒーショップの紙コップをテーブルに置き、トートバッグを傍らの椅子に載せるとそのままうつむいた。神子の位置からだと背中しかみえないが、黒髪ストレートの女はスマートフォンをいじっている気配だった。

「あ、」ごめん。春菜がスマートフォンを手に握りながら席を立った。神子はおばさんがおまけしてくれたトマトサラダを咀嚼していたが、隣の席の女子学生もまた離席した——遠くで友人に呼ばれたらしい——ので、すぐさま箸をトレーに置いた。

迷わずに立ち上がると女の席の前まで移動する。一度だけ顔をあげて周囲を見回した。遠くのテーブルの前で黒髪ストレートが大勢と談笑しているのを確認してから、椅子に残されたトートバッグの中を覗き込んだ。指を差し入れて小さなボールペンを掴み、自分の席に戻りまた箸を手に取った。

春菜が戻ってきてごめんなさいというと、神子はずっと食事に集中していたみたいに自然に顔をあげた。

春菜は運動不足の夫を案じる話を始めた。

「ゴルフもバッグごと高いクラブを買わされて、持ち腐れてて」会ったことはないが、そのわずかな情報だけで、サラリーマンの、中年太りの、当世の言葉でいう「しゅっとして」ない男性像を神子は思い浮かべる。

「ゴルフも『プロゴルファー猿』でしか知らないような人なのにさ」

「私もだよ。猿と、あと『祈子』。『プロゴルファー祈子』、通称『5アイのお祈』」昔観た大映ドラマを思い出し、背中に背負った忍者刀ならぬ五番アイアンを抜く素振りをしてみせる。

「なにそれ」春菜が呆れながら、トレーを持って立ち上がった。神子は立ち去る春菜にボールペンをふってみせた。根津神子の気まぐれな盗癖に、春菜は気付いていなかったし、神子自身ももうかれこれ十年以上も説明をつけられずにいた。

すいている食堂に入ってきた小野遊里奈は、見ず知らずの根津神子に手をふりそうになった。最初は、ボールペンを自分に対して振っている気がしたから。別の、こちらに歩いてくる途中の女性が彼女に「じゃあね」と手をふりかえしたので、違うことはすぐに分かった。次に、場所取りのつもりで遊里奈が置いていた古新聞を、彼女が読んでいることに気付いた。

アノーそれ、私のなんです。そういえばいいのに出来ずに、自分でも不自然と思う速度の落とし方で結局は神子のそばを通り過ぎた。そもそも、遊里奈も拾った新聞だったし、昼に置いてから、同じゼミの仲間に用事を頼まれ、戻ってくるのに時間がかかった。ボールペンをふっている女性は――名前を知らないけども――よくみかける人だった。彼女がこれくらいの時間にそこを定席にしていることは、遊里奈は知らなかった。

通り過ぎながら（たまにみる掃除の人だ）と気付いた。顔を二度見してしまう。深夜のコンビニの店員がよくやっている、床にワックスをかける大きな機械（ポリッシャーという呼び名も遊里奈は知らない）を、いつも授業を受ける五号館の廊下でものすごく真剣な顔で押しているところに遭遇して、少しみとれた。背が高く肩幅があって姿勢がよく、そんな清掃員はなかなかいない。最近は「美人すぎるなんとか」という流行の言い方があるが、適用したくなる。彼女は美人「すぎる」ということでもないし、若くもなさそうだが、「掃除のおばちゃん」という一般的イメージからほど遠いこともたしかだ。

場所取りの新聞がなくなったので、遊里奈は場所を変えることにして、入ってきたのと異なる出入口から食堂を出た。学内の生協でさっきのと同じ新聞を買い求め、そのまま大学も出た。地下鉄入り口向かいのコーヒーショップに入るころには美人の彼女の印象は薄れた。店内ではまず天井をみつめ、冷房の送風口がむいていない席を探す。カウンターの背もたれのない席しか空いていなさそうだ。

この時期、コーヒーを頼むと「ホットでよいですか」と必ず問われる。大きく頷くよりほかない。マグカップを手に丸椅子に納まり、真新しい新聞をテレビ欄からめくる。ＴＡＩＪＩの訃報が載っているかと思ったが、なかった。遊里奈は紙の新聞をちゃんと読んだことがなかった。読んだのは実家で、子供のころだけだ。

だが既に、ウィキペディアの記事や、「プロインタビュアー」の吉田豪がＴＡＩＪＩを取材した記事の引用をネットで探し、読みふけっていた。

そこに書かれていることを鵜呑みにしたら、ＴＡＩＪＩの人生は波瀾万丈だ。人気バンドＸ　ＪＡＰＡＮのベーシストとして活躍し、「東京ドーム」の舞台にも立ったのに、バンドをやめることになる（リーダーＹＯＳＨＩＫＩとの衝突が原因らしい）。ラウドネスやＤ．Ｔ．Ｒなど別のバンドで活動するも、「一文無しになり」離婚、「二年間の放浪生活」に。このころ喧嘩の末「角材で殴られて歯を」失い、川に飛び込んで自殺も試みるが、すぐに川岸まで泳ぎきる。

……そのくだりが特に面白いのらしい。そうだ、彼の自伝を買わなければ。遊里奈は鞄から手帳を取り出し「ＴＡＩＪＩ自伝」と書き付ける。かつて袂をわかったＹＯＳＨＩＫＩという人が、彼の窮状を（欠けた歯に）みてとって、ぽんと二百万円貸してくれるくだりを、早く読みたい。

遊里奈はＸ　ＪＡＰＡＮとかラウドネスの音楽をよく知らない。おじさんおばさんの聞く音楽だ、好きでも嫌いでもない。こうして熱心に訃報を追いかけるのは、遊里奈がゴシップ好きだからだ。

新聞も、おじさんおばさんの読むものだ。それでもせっかく買ってみたのだからと他の面もめくって、山岳事故を防ぐノウハウ記事の下の、人生相談に目を通す。下世話なことが書かれていそうな匂いを、ほんの小さな欄にさえ感じ取る。

「小野さん」不意に隣から聞き覚えのある声がする。

「あ、布田先生」どうぞ座って下さいというつもりで新聞を畳み、鞄も反対のスペースに移す。昨日、布田先生の授業を受けたばかりだ。若者が新聞をめくっていることを布田先生は珍しく感じているようだったが、彼から出た言葉は
「夏でもホット、頼むよな」だった。隣に腰をおろし、紙コップをかざした。

「寒いですもん」遊里奈も同様にかざしてみせる。

「バイトどうしようかなーと思ってて……」別にここにいた理由を言わなくてよいのに遊里奈は自分から話し始めた。高速道路の高架の下の、車通りの盛んな表の道をみつめながら。

「ここの向かいのレンタルビデオ屋でバイト募集してたけど、小野さん映画好きじゃなかったっけ」遊里奈は布田先生の目を真意を探すようにみつめ、すぐにあぁ、と合

点する。

布田先生の授業「現代サブカルチャー論」は映画を観ながら行うことが多い。授業後でも数人が教室に残り、盛り上がる。布田先生もその場に残ることが多いし、たしかに遊里奈は発言もした。だが、彼女が映画通というのは先生の誤解だ。『ダークナイト』のヒース・レジャーや、リバー・フェニックスといったイケメン俳優に詳しかったのは彼らが夭折したからだし、トム・クルーズについて熱く語ったのは彼が胎内の赤ん坊をみられる高価な装置を自宅用に買って批判されたことと、アメリカの人気テレビ番組でなんの脈絡もなくソファに飛び乗った奇行――YouTubeで世界中に拡散された――をみせた話だけだ。年の離れた姉と兄がいて、遊里奈は受け売りを言っているのでもある。

そうだ、リバー・フェニックスなんてよく知ってるねと、布田先生はあのとき感心していた。そのとき有名な『スタンド・バイ・ミー』ではない、『エクスプロラーズ』というマイナーな映画の話をした――それも姉の受け売りだ――ことも、なにか印象を決定づけたのに違いない。

「タランティーノもレンタル屋の店員だったってよ」自分よりも先に、素早くサンドイッチを食べ終え、布田先生はトレーを持っていない方の手をあげると、その手を遊里奈の頭にのせてから立ち去った。

手をのせられたことに驚いていると、カウンターの窓越しに、歩道に出ていた先生の口が「がんばって」か「またね」か、なにかそういう類いのことを言ったっぽかった。

先生が去って、去る前の台詞を思い出した。

タランティーノも店員だったってよ、だからなんだ？　と遊里奈は訝しみ、具体的な励ましだと気付くのにまた少し時間がかかった。「だから、そこでバイトすれば人気の映画監督にいつか君もなれるかもよ」という意味だ。

なんか、怖い人だ、布田先生。

一学期の授業を通じて小野遊里奈は布田先生に一定の評価を与えていた。一定のというのは、既に一部の女子に人気があるが自分はそこまで好きにならないと思っているということでもあった。なんというか、モテることに自覚のある顔だと評していた。

得意げで自信過剰とか、モテて嬉しくてやにさがっている顔というのと違うが、モテることに無自覚ではない人は、唇の端からその意識が漏れ出ている。しかし、異性の頭に手をのせるのは、人にただそう話したら十人が十人、気持ち悪い行為と判定するだろう。

先生の直近の行為をネガティブに思わなかった理由を、今は深く考えないことにする。遊里奈は立ち上がった。

別に映画監督になんてなりたくない。コンサバな女性誌の巻頭になぜか載っている、ハリウッドセレブの噂話を読むのは好きだったが、映画が大好きということでもない。

「まあ、いいか」どのみちバイトは探さなければならなかった。TAIJIにとってのYOSHIKIのような、二百万円ぽんと貸してくれる仲間もいないのだ。興が湧いた小野遊里奈はコーヒーショップを出ると少し先の横断歩道を渡り、レンタルビデオ店に入ってみた。

数日後、布田利光は総務部の入り口で待たされていた。

すでに十分近く立ちっぱなしだったが、苛立ちはない。前日からたらい回しされており、いまどき「たらい回し」という言葉を思い出すことになるとは、と驚きと諦めが交じっている。学生のレポートをネット上で集め、採点考査できるシステムがあるが、それにアクセスするためのIDとパスワードを書いた用紙をなくしてしまったのだ。非常勤講師であることを証明する「教員証」さえなくしていて、その再発行からなので、実際には「たらい回し」ではない、セキュリティの観点からもごく正当な手続きなのだが。

要するに布田利光は前期の始まる前にもらった書類一式をまるまるなくしたのだった。自室の散らかり具合を思い返せば自分でも納得だ。

受け取ったときには、A大学で教鞭をとると弾んでいたはずなのに。過去、いくつかの専門学校や大学で映画とカルチャー論を教えてきたが、有名私大からの声掛けは初めてだった。それだけに講師料の安さに驚いた。練りカラシをヘラいっぱい頰張ったみたいな——そんなことしたことないが——わざとらしいほど強い吐息が漏れでた。日本の教育は、そりゃダメにもなるわ。天下のA大学がこんな給料では。予備校の講師の方がよほど稼げる。知った風なことを友人にもぼやいた。

地震が起きるとすぐに、ぼやいたこと自体を忘れてしまった。入学式が取りやめになり、ざわついた雰囲気の中での授業開始だった。

初めてみる総務部は広く、中の職員は皆、落ち着いている。節電で暗いということにも、皆慣れている様子。

そう、皆、慣れた。都心を行く電車の中の蛍光灯が昼は点灯しなくても、いっこう困らない。案外、ずっとこのままかもしれないなと感じる。

総務部に入ってすぐのところにスチールの棚が腰の上まで、カウンター代わりに置かれていた。本来なら壁に向けられる面がこちらを向いている。本物のカウンターではないから、手をのせたりしていいのか迷う。一応、カウンターですよという印のように、端には小さな花瓶に花がいけてあるから、いいんだろう。

カウンターの奥には事務机群が何列かあって、職員達が電話に応じたりパソコンに向かったりしている。奥の窓際に工事現場でみる三角コーンが並んで、入れなくなっている地帯がみえる。ここもなのか。

爪痕だ。

利光の教えることになった五号館の廊下は――特に上階で――雨漏りがして、あちこちバケツや大きなゴミ箱が置かれていた。それらをよけるたび、安直だが震災の「爪痕」という言葉を思い、さらに安直だが「痛ましい」気持ちになる。

振り向いて入り口の床に目を落とすと、三角形の木切れが落ちている。なにか目覚ましさを感じ取る。鋭角で細長い、あれはなんだろうとぼんやり考えるうち、廊下の奥から若者が走ってきた。そそくさとした走りで入ってくるや利光の脇に新聞を置いて、すぐにきびすを返して戻っていった。

久しぶりに紙の新聞を目にした気がする。見出しを読むと「大関魁皇引退」とある。

驚いたところで声がかかった。

「はい、こちらの書類ですね」あわててまたカウンター風の棚の方を向く。眼鏡のおばさんが立っていた。小さな金縁眼鏡だ。角形二号の封筒から半分出した書類に受講者の姓名一覧がみえる。それもなくしていた出席簿だ。

「布田先生。全部、なくされたんですよね」

「はい」

「いっさい、がっさい」

「はい、そうです」溜めを利かせた言い方をされ、むしろ堂々と応じることにした。

「あ、これはあります」首から提げた入館証の紐を持ち上げ、ぶらぶらさせる。軽薄で不遜な態度になってしまったか。背後から「失礼しまーす」と声がかかる。

振り向いてすぐ、自分が言われたのではないと知れた。作業服の若者がかがんで、鋭角の三角形を手にとり、入り口の両開きの扉の片方――閉まっていた方――を慣れた手つきで開いた。

（あぁ）利光は納得して、カウンター風の棚に顔を戻した。あの三角形は扉をおさえるものだ。ゴム製の似た形のドアストッパーを、売り物としてみたことがあるのに、それとあれと、結びつかなかった。

「はい、どうぞ」どこか節のついた言い方で、おばさんは封筒に書類を戻した。もう、なくさないでくださいね？　と釘をさすような目つきもされる。どこにも、こういうキャラクターのおばちゃんっているよなあ。かわいいような、うっとうしいような、独自のテンポを崩さないことで場に存在感を発揮しつづけるおばちゃんが。

「どーも」初対面だが、やはり節のついた感じで受け取り、たしかに受け取りましたよ、という調子で封書を掲げてみせてあげる。

背後からきていた台車が総務部の脇を過ぎ去っているうちに帰ろうと振り向くと今度は作業服の清掃員が入り口にいた。清掃用具の入っているらしいバッグをたすき掛けにしており、先ほどの若者がかがんで留めたストッパーを右足の先だけで簡単に抜き取って、扉を動かした。

女だ。脇を通り抜け、瞬時に「値踏み」をする。若くないが、背が高くてきりっとした女だ。かわいいおばちゃん事務員の印象は吹き飛んだ。

「根津さーん、シュレッダーのゴミももう溜まっちゃった」

根津というのか。きつそうで年もくってるが、割といい女じゃないか。誰彼なく女性を「値踏み」してみるのは布田利光の脳内での癖だ。値踏みするが、あまり「まめ」でもない。エレベーターに乗って降りるころには、エレベーターに吸われてしまったかのように根津という名字も忘れてしまった。覚えている名はむしろ魁皇だ。六号館一階のコンビニに寄ると、もうスポーツ新聞しか残っていなかった。蟬時雨の中で利光は久しぶりに新聞をがさがさいわせた。

相撲はほとんどみなくなっていたが、魁皇だけは気になっていた。同い年の力士がいなくなるということに、軽い動揺があった。

景色というのか風景というのか、お相撲さんにはただの人間以外のなにかを感じ取る。中面の、ロックミュージシャンの変死事件の続報を布田利光はまったく読まなかった。

名村(なむら)宏はスポーツ新聞をあらかた読み終えて大きな紙袋に入れ、駅前広場の大時計の下で腕時計をみた。

「十分遅刻します」と美里からはメールをもらっている。二十分なら近くの座れるところに入るのだが。

最寄りの駅まで行くと申し出たが、この日も降りる駅を指定されていた。初めて降りる、知らない駅だ。紬を連れて行きやすい店が、最寄りにはないのだと。ストーキングを警戒されているのかと最初は疑っていた。

曇っているが蒸し暑い。蝉が鳴いている。手にした家電量販店のロゴ入りの紙袋を地面に置いた。紙袋は二重になっている。前にノートパソコンを買った際、店員が二重にしてくれたのをそのままとっておいたのだ。中の荷は昨夜、緩衝材（皆が「プチプチ」と呼ぶあれ）にくるんでガムテープでとめてある。

ハンカチで額の汗を拭って、息子と元妻を待つ。

「おとうさーん」駅の出口から、息子がヨタヨタとこちらに向かってくる。大きなトートバッグを肩に元妻の美里が続いて出てきた。美里がいやそうに笑っている理由が、もう宏には分かる。

すべての、とはいわないが、多くの女は家電量販店の紙袋を手に歩くのが嫌なのだ。なんでそれに入れてくるの、という抗議を含んだ笑みだ。わざとでしょう、というニュアンスもそこに含意されているのがすぐ分かる。

「なんでそれで持ってくるの」果たして美里は抗議をした。

「本当ならソフマップの袋にしたかったところだ……っとう、紬、元気だったか！」膝にぶつかってくる息子の頭を宏は撫でる。

紬は会う度に大きくなり、存在感が増していく。ウェットティッシュやら低アレルゲンのビスケットやら一式つまった「紬セット」のリュックを美里から受け取り、背負った。

「ありがとう」交換するように手渡した紙袋を美里は覗き込み、緩衝材ごしに物品を確認して礼を述べた。手に持とうとする美里をひとまず制する。けっこう重たいのだ。

「どこいこっか」

「あそこのフードコートでいいんじゃない」ロータリーの向こうのデパートに向かう。紬を先に行かせ、そのペースで二人も歩く。

「それにしてもなんで今になってセガサターンなんか」

「あなた、本当によく捨てなかったね」美里は質問に答えず、呆れ声をあげる。本当に、というのは、メールのやり取りの時点ですでに呆れを表明していたから。

「動かないかもよ、ずっと電源入れてないし」宏自身にさして思い入れはないが、ただ捨てずに、押し入れに入れてあったものだ。昔から、美里の方がゲーム好きだった。むしろ、いまだに現役で稼働させていると聞いても驚かないくらいだ。

[藪から棒にすまないが、セガサターンをまだ持ってたら貸してくれ]美里からのメ

ールに——実に藪から棒だなあと感心しながら——【君、持ってるんじゃないの】と返信したら【佐久にある】と。佐久は美里の実家だ。一人暮らしの年老いた母に、大きな物品を探させたり梱包させたりするのは辛かろう。いや、オタクの荷物を親にみられるのは——中年になれば余計に——恥ずかしいか。

「ねえ、みてみて、ぞうさんだよ」低速で通り過ぎる軽ワゴンの、胴体に描かれたイラストを紬は指差した。アニメやゲームのキャラクターでない、動物に関心を示すところは、五歳児にしては幼いのかもしれないが、語彙は格段に増えたし好奇心も増してきたようだ。活発にはしゃぐ風ではない、男の子にしてはおとなしい印象があるが。

月に一度「あわせてくれる」のではなく、離婚して親権は自分が持ちたいし養育費ももらうが、息子に「あってくれ」という条件だった。

「そりゃ会うよ」と返事をしたのを覚えている。そんなに、子供に興味が薄いと思われていたのか、と離婚を協議しているとき意外に感じたことだ。そう思われていたことで立腹したわけではないが。

「象じゃないな、あれはアリクイだな」

「えー、アリじゃないよ、ぞうだよ、ぞうさん」

「紬、走らないの危ないから……ソフトも入ってるよね、これ」

「ああ」わざと、手持ちの鞄から取り出す。

「はい、『X JAPAN Virtual Shock 001』」題名を省略せずに音読して手渡す。セガサターンを入れた紙袋に同梱してもよかったのだが、ゲームソフトは分けてわざわざ手渡しした方が、今回の授受行為の面白みが際立つと思えたのだ。

「うわあ……だっさい」美里はトートバッグに急ぎしまいつつ、呆れ声をあげる。宏も渡しながら、パッケージに目を奪われる。

「しかし、なんでまた」質問を改めて繰り返した。メールですませてもよかったやり取りだが、それもまた直に聞くのが面白みを増すと思えて、聞かなかった。

「こないだTAIJIが死んだでしょう」

「へえ、そうなんだ」意外な理由だった。

「その話で、そういうゲームがあるって友達にいったら『なにそれ、みたい！』って妙に盛り上がって」

「はあ」そんな追悼の仕方もあるのか。追悼どころか茶化してるようでもある。

「それで今度、友達皆で集まって、みようと」

「今の薄型テレビにつながるのか？」

「大丈夫だよ、黄色、赤、白のケーブルなら」ほらねと思う。やはり、美里の方が詳しい。かつて共に暮らしたころ、テレビの裏側の配線もそういえば美里がやっていた。なんの必要か分からないが、ケーブルをニッパーで切って銅線をむき出しにしたりもしていて、大した工作ではないと言われたが自分にはできないので、頼もしく感じたものだ。

そうでないときもだ。二人で暮らし始めた際の、ベビーベッドの塗り替えも、カーペットを柱のでっぱりの分だけ切ってあわせる作業も、宏ではなく美里が率先して行った。ホームセンターでペンキに刷毛、大型のカッターや工具など、必要なものを買ってくるだけで感心した。腕前以前に必要なものが分かっているということに。家の中のどこであれ、そうしたい、そうしたらよくなるという気持ちというか「眼差し」が宏には欠けていて、美里にはみなぎっていた。

それが嫌で離婚したわけではない。むしろ、人として美点だ。できない方がかっこ悪い。劣等感を感じた訳でもない。ましてや、女なんだからそういうことでは男をたてろなどと思ったわけではないし、美里もそんなことを感じ取りはしていないはずだ。

「紬、走らない」涼しいフードコートに入るや、美里は警告の張り詰めた声音をあげた。建物に入ったら息子が必ず走ることを予想できていたみたいだ。そうだ、幼児と歩くということは、ずっとずっと動向を見張るし、先を読むということにもなるのだ。

駅前でリュックを受け取った時点で、「大変だ」と宏は「思った」。こんな重いものを常に持ち歩くなんて、という意味で、まずはそう思った。少し前まで、ベビーカーを押しながら駅のホームに出るため、うんと遠いエレベーターまで迂回していたときにも「大変だ」と「思った」。

「大変だな」と、だが、口にはしない。子供がまだ二歳になる前の、もっと大変な時期に二人は離婚をした。美里が強く望んだからだ。

「するにしても子育て大変だし、もう少し後にしない？」と提案をしたが一蹴されてしまった。穏やかだが決意はかたく、翻意は期待できそうになかった。抵抗してつかまりたいのに、どこにも持ち手がなくてつかめない、つるつるぬるぬるとした手触りを抱いたまま、ハンコを捺すことになった。

もうとっくに終わっていた浮気が、遅れて発覚してしまった。言えないし言わないが、悔しい。

「さすがに慣れたみたいね」美里は二人に遅れて着席して、掌に納まるサイズの四角い機械を三つ、白い樹脂のテーブルに載せながら告げた。

「なにが」

「深夜ラジオ、慣れたでしょう」

「そうかな……ていうか、おまえ、あれ聞いてんの？」

「最初のころ、やっぱり声が気張ってたよ」春から宏が担当し始めたラジオの番組を、美里は聞いていた。関東圏だけの深夜一時五十分からの十分間の小さな番組で、アイドル声優の相手役だが、宏には大役といってよかった。

こういうとき、「もちろん聞いてますよう」と意地悪そうに笑ったり、コーナータイトルのコールを真似してからかってくるような女がいるものだが、美里は違っていて、冷静に批評だけを述べたので宏は安堵し、怯みもした。

紬が椅子の上に立って小さな機械に手を伸ばした。

「紬さわらないの」「それ、光って震えるぞ」二人で別々のことを同時にいった。紬は両方の声に反応したように手を離し、神妙な顔のまま機械をみている。不思議なおとなしさを発揮する子だと改めて感じる。

「毎週聞いてるわけじゃないけどね、さすがに」今もほら、夜泣きじゃないけど、それでも紬が変な時間に起きてくることがあるから。なるほどね。

「別のラジオの冠番組という話もきてるんだ」自分を売り込もうとしていると受け取られる。一瞬そう思ったものの、自分の仕事を気にかけてくれていると知ってつい気持ちがゆるんでもいた。

「もうすぐテレビが地デジになろうとしてるだろう、同じようにラジオのデジタル化が今、進んでてさ……」そこで一個目の機械が白いテーブルの上で振動し、紬が目を見張った。銀行の機械の声のような声が、料理の出来たことをフードコート内に告げている。

トレーに載せて宏が持ち帰ったプリンを紬は真剣な顔で食べた。二人はそれぞれの席から紬をみつめ、交互に写真に撮った。「デジタルラジオが今進んでいて」どうしたのか、美里は聞かなかったし、宏は言うのをやめた。

「そういえばこれも持ってきたよ」宏は鞄からさっきと別のゲームを取り出す。

「あったねえ！」安室奈美恵のゲーム。なぜか、受け取る美里は自嘲気味の笑みをみせた。

「なんだろう、これまたひどいロゴ！」美里のダメ出しはだがどこか、身内の者の不出来を恥ずかしがる風にも聞こえた。

これらのゲームを発売したセガという会社は、マーケティングというものを知らない。かつて美里から聞いた分析だ。金にあかせて、とにかく「そのとき一番人気のある人」を連れてくる。F1レースが人気ならアイルトン・セナのゲームを、アメリカでゲーム機を売るぞとなったらマイケル・ジャクソンのゲームを。安室のゲームもアムラーが流行語になるほどの社会現象になった翌年のものだ。

今や気付けば周囲の大勢がコスプレだ、ゆるキャラだ、といった「キャラの時代」であり、つまりはオタクの時代だ。だからセガに詳しい女性がいてなんら不思議はない。でも、(何に対してかは分からないが)彼女は先駆的だったんじゃないか。女のオタクというものは今ほどに「大手を振って」いるものではなかったから、知り合ったときは特に新鮮だった。

向かいで美里は、紬に正方形の絵本をめくっている。

「あの、もう一人、前に有名な人が亡くなったときも、このゲーム引っ張り出したっけ」あれはもう十年前だったか。X　JAPANというバンドで亡くなった人といえば、そっちの人の方が大ニュースだった。ドアノブに紐をくくって死んだのだ。そんなこと可能か？　とまず思った(ノブの位置が首のあたりの変な扉を想起した)。どこかの寺に長い列ができ、ヘリコプターから中継があったのも覚えている。今の先輩がそのときヘリに乗ったとか、そういえばいっていた。

「ぜんぜん」美里は今日初めて、目をまん丸くした。

「そういえば全然、あのときは、そんなことする思いつきがなかったなあ」美里が目を見開くと、紬に似ていることがよく分かる。

「今度、スケートみにいこう」別れ際、駅前で提案される。近所のアイススケート場で、アイスショーがあるのだと。

「はい、これ」リュックを背負い、眠くなった紬を抱っこしながら、美里はトートバッグの中のチラシを器用に取り出した。

たった一駅だけど、家の前まで送るという申し出さえ断るくせに、一方でなぜそんな、デートみたいな提案をしてくるんだ。それなら、なぜ。宏は言いたくなった言葉を言わない。離婚しなくてもよかったじゃないか。

「ここで」改札までこなくていいと、勝間和代『断る力』ばりに掌を広げて制してくる。

「分かった」非はすべて自分にある。浮気は、よくない。非の打ちどころのない非、という言い方が浮かんで、宏は力なく手をあげる。ゲーム機の紙袋まで携えた大荷物でエスカレーターに乗った美里と紬の姿が消えたら、直前に生じたやりきれなさとはまるで別の感情、身軽で楽になったという気持ちもなぜか湧き上がる。腕時計をみようとしたら鐘が鳴り、駅前の大時計のからくりが動き出した。

一ヵ月後、安堂素成夫は学食でラジオを聴いていた。夏期休暇のど真ん中、当然だが学生の姿は少ない。素成夫はすぐ近くに下宿しているから自転車ですぐに来られる。今春から通い始めたA大学はとても快適で――利用したことはないものの郵便局に医務室まであるというじゃないか――夏休みになっても昼か夜かどちらかはここで食事をすませていた。

「こんばんは、ナンムーこと名村宏です」昨夜の放送を、スマートフォンのストリーミングで再生している。DJ仕様の赤いヘッドフォンを素成夫は常に首に提げていたが、音にこだわりがあるわけではない。

この日は素成夫が追いかけているアイドルが出演するというのだが、三時間ある番組のどのコーナーかまでは分からなかった。ラーメンをすすり、聞き流す。

名村というアナウンサーが声優のパーソナリティと、今年のロックフェスの話をしていた。ちょうどサマーソニックに出演したばかりのX JAPANの話題は素成夫にとってタイムリーなものだった。

ちょうど昨夜、動画でそのライブの模様をみたのだ。友達がブログにリンクを貼っていたからみたのだが、すごかった。動画の中で中央にいる男が素成夫の幼いころにはもう解散していた人気バンドのドラマーで、なにやら破壊的な性質をもったリーダーだという知識は既にあった。小泉元首相がテレビに出る時、よく彼らの曲がかかるということも。そのバンドの元メンバーが最近、亡くなったという。

満場の観客の前で痩せた男は「木刀!」と叫んだ。

木刀? と首を傾げ、少し遅れて「黙禱!」と言ったのだと気付いた。元バンドメンバーのTAIJIという人が亡くなって、客に黙禱を呼びかけたのだが、気合いが入りすぎて木刀になってしまっている。面白くて、二度繰り返してみてしまった。

だが客席は水をうったように静まり返っていた。思わずプッと噴き出したりアハハとこらえきれず笑ってしまった、そんな音声は少しも交じらない。カメラがなめるように映す客席の、その人数の多さと、無音とがまるで釣り合わない。二度目にみているとだんだん、その場にいたかのようなバツの悪さが素成夫に宿った。追悼なのだし、そこにいた人はバンドのファンだろうから、ごくごく自然なことをしている。

だけれど、奇異な印象も生じた。まず、会場で静まり返った大観衆に対し、自然なことではないという気がする。同時に、笑うことなんかではないという当たり前の気持ちもある。どちらの態度も正しくないような。

それ以上の言語化は今の素成夫にはない。身近な友も元気だし、両親も祖父母さえ若く健在で、素成夫にとって死は身近なものではなかったのだ。丼を両手に持って汁を飲むと、トレーをもって遠くを歩く女が目に入った。脇にスポーツ新聞のようなものを挟んでいる。

見覚えがある。なぜか丼を置く動作が用心深くなった。ラジオを停止させて、頭を働かせる。

分かった。布田先生のゼミにいる、そして少し前からレンタルビデオ店でバイトし始めた子だ。よく利用する駅前の。近いから、ここの学生がバイト先として選ぶのは自然なことだ。いつも後ろの席にいて、ゼミでの印象はないが、ビデオ店の照明の明るいカウンターで初めてちゃんと認識した。

女は遠くの席に腰を下ろすとすぐに新聞を開いた。スポーツ新聞のようなと思った通り、大きく色づいた文字の躍る一面をこちらに向けて読み始めた。女性で学生で、そんなのは珍しい。

今度また、映画を借りにいって、話しかけてみよう。呑気に考えて素成夫はラジオをつける。

「私の知人なんかですね、セガサターンのゲームで追悼するんだって言ってましたよ」ラジオのパーソナリティはそういって笑った。まだ同じ話題が続いていたようだ。笑ってはいけない話題のはずなのだが、素成夫も薄く笑ってしまう。

「全然、いないじゃない」根津神子がつぶやく。

「ごめん、記憶が違ってた」美里は謝った。（先述の通り）セガサターンのゲームにTAIJIは出てこない。ゲームに登場するのは二代目のベーシストだ。

「TAIJIの脱退は九二年、ゲームの発売は？」首藤春菜がスマートフォンで調べた。

「九五年。あれえ、そうだっけ、そうだっけ」三人、美里の家にいた。夏休み中に三人で飲み、意気投合した。次は昔のゲームの映像を肴に飲もうという話にまとまったのだが、その思いつきは、美里の家にまだ幼い子供がいて家を空けにくいことに対する方便でもあった。

実際には約束の日にたまたま美里の母が佐久から上京して、遊園地に紬を連れていってそのまま都内のホテルに宿泊してくれることになった。だから美里も久々に都心に出かけて買い物をするのでもよかったのだったが、二人とも妙にゲームを楽しみにしているように感ぜられた。スマートフォンで交わされるようになると、メールの返信がフキダシ状なので、より弾んだ言葉にみえるのかもしれない。

「ヒース、聞かん名だな」コンパクトディスクと同じサイズのゲームパッケージの裏面をみながら、神子は名主のような口調だ。ＴＡＩＪＩをみたかったのにおまえはなんだ、という（勝手な）抗議のニュアンスも感じられる。

「本当、ごめん」

「いや、別に、いいんだけど」「そんなに真剣に追悼しにきたわけでもないし」神子と春菜はともに慌てた調子になった。本気でガッカリするわけない、と。

美里は神子が持ってきてくれたケーキを箱から取り出して皿に載せ、春菜が紅茶を注いだ。真剣に追悼するわけではないって、不謹慎な言葉だなあと思いながら。

「それに、もう一人はほら、追悼出来るし」という取りなしもさらに不謹慎だ。たしかに、亡くなったことで有名なギタリストはこのゲームにも登場する。

母からのメールの着信音が響き、すぐに返信をする。紬が笑っている写真が添えられている。遊園地のある方も晴れてるらしい。子供が無事で楽しくやっていることの報告を、親は親でむしろ義務と心得ているかのようだ。

「『001』ってことは、え、なに、このゲーム、続きも出たの？」神子は呆れ声で薄型のテレビ画面を凝視した。

「ぜんぜん、出なかったはず」同じ工業製品なのに、二十世紀のゲーム機と二十一世紀の薄型液晶テレビの間には不調和がみてとれた。物自体が褪せているだけでなく、デザインが古びているのだ。周囲には、少し前まで紬のために使われていたプラスチックの柵がたてかけられており、そのツルツルした質感と比べてもまた、ゲーム機の褪せ方は際立っている。

くすんだ色のコントローラを握りゲームを開始させる。実写で東京ドームの周囲が映される。X JAPANのコンサート当日の客入れの映像で、ざわざわとした客達の移動の様子は、画質は粗いが臨場感がある。

「うわー」

「懐かしい」

「ドームの周辺は別に、そんな変わってないでしょう」

「そうだけど」

そのドームの裏口になぜかいる雑誌の編集長に、主人公はカメラマンと勘違いされ、入館パスを受け取るところからゲームは始まる。なんとか入ることのできたバックステージで、X JAPANのメンバーと出会い、交流する（カメラマンという体なので、写真を撮る）のがゲームの目的だった。

「そんなことあるかい」

「なんの雑誌のなんの取材なんだ」東京ドームの裏口の廊下を少し歩いてみせただけで、まだバンドのメンバーが出てくるより前から、これが変なゲームだと二人にも十分に伝わったようだ。主観カメラの細切れの実写映像をつないで、上ボタンを押せば廊下を前進し、左を押せば左の扉の方を向く映像が流れる。主観だから、あたかもプレイヤー自身が東京ドームの廊下に立って歩いているように思える、という趣向だ。

エレベーターの前までいくと、守衛（なぜか外国人）が立っており「ここから先は専用パスがなければいけない」と同じ動画で繰り返し、遮ってくる。三人で笑った。変だし、面白くない。普段ゲームをしない二人にはくどくど説明しないが、「おつかい」「フラグ立て」という言葉がゲームの世界にある。これは退屈なおつかい、フラグ立て「だけの」ゲームだ。

「バンドのメンバーはこれ、ちゃんと監修したんだろうか」

「これは出ないなぁ、パート2は」安室奈美恵のゲームにもそういえば「vol.1」と銘打ってあったな。美里はコントローラを操りながら傍らのノートパソコンを覗き込む。今はネットで検索したら、それがどんなつまらないものでも、かなり昔のゲームでも、攻略情報が載っている。どこかの誰かが載せてくれているのだ。**［警備員にと**

つつかまって死亡ｗｗｗ」というような、つまらなさや無理のある展開にツッコミをいれる主観的なテキストもしばしば併記されながら。その情報に頼っておきながら、こんなのを載せるなんて暇人だなあと、いつも美里は呆れるのだ。

「でも、ファンじゃないけど、なんか不思議」フォションのケーキに「これは肥っちゃうなあ」とうっとりした表情を浮かべていた春菜が、不意に真面目な顔で画面を見直した。

「自分がゲームになるって、どんな気持ちだろう」映画でも、実在の人物がヒムセルフ、その人の役で出ることがある。その人なんだけど、役の上での言葉を言う。それは「本人」の「言葉」といえるんだろうか。さらにゲームの場合はどう思うだろう。

「たしかにね」美里も頷いた。「ゲームの中の実在の人」はさらにだ。言語的にもおかしい。

メンバーの一人にウィスキーを届けて激怒させたところまで遊んだ後、三人は安室奈美恵のゲームも起動させて、こっちは遠慮なく笑いあった。

「これじゃあ、セガはソニーに勝てないわけだよ」無表情なＣＧの安室奈美恵を踊らせるだけの薄い内容。サウンドテスト画面でゲーム中の効果音、音声を聞いていたら、安室奈美恵の肉声が入っていた。

それもたった二つ。ミニゲームの開始時に使われる「レディ?」「ゴー」だけ。わずか二フレーズ。三人は笑わず、感じ入った。

「この『ゴー』の覇気のないこと!」

「このときの安室ちゃんのスケジュール、一分しかおさえられなかったんじゃないの」

「あるいは一単語あたりのギャラがすごかったのかもね」三人で盛り上がりながら、安室奈美恵がテレビの中で輝いていた近過去の記憶が三人それぞれに蘇り、同じような甘い懐かしさも覚えた。三人とも、まだ誰も言いあわなかったが、この後は呑み屋にいくのではなく、カラオケに行こうと、心がしっかりと揃っていた。

八月の終わりごろ、小野遊里奈はバックヤードでレンタルDVDのパッケージの背に貼られた「準新作」のシールを「七泊八日」の旧作のシールに貼り替える作業をしていた。遊里奈の役割は「七泊八日」と表記されたシールを台紙からまとめてはがして傍らの定規にとめておくことで、先輩二人が「準新作」をはがす。はがし終えたパッケージが既に机の脇に積み上っていく。どの箱からも少しくたびれた気配がする。(あ、『アバター』がついに「旧作」になった)貼り替え作業は地味なものだが、遊里奈に充実した気分をもたらした。

大学近くのレンタルビデオ店でバイトを始めておよそ一ヵ月がたった。別に映画好きというわけではないつもりだったが、ちょこちょこ借りてみるようになっていた。

新作DVDの入荷は店内のモニターや無料紙などで派手に宣伝されるが、なにかの作品があるときから「旧作」に成り下がったことは特にアナウンスされない。ただひっそりと「サスペンス」「アクション」といったジャンルごとの棚に納まるだけだ。忘れ去られるわけではないが、事物が「過去になっていく」様態をありありとみせられるような寂しさがある。

だが「新作」から料金が下がるのを執念深く待ち構えている客というのが一定数いる。バイトを開始して、店内での作業もレジ打ちも慣れてきて、だんだんと客の様子を把握できるようになってきた。旧作はアナウンスされないので、彼らは自主的に、店内をうろつきながら棚の変化を探っている。あれは、単に安くあげたいというばかりでない気がする。目立たないところに追いやられていく、つまり事物が過去になっていくことへの抵抗とでもいおうか、彼らの生物めいた嗅覚の発揮や、よくいえば人としての矜持のようなものを（勝手に）遊里奈は感じ取り、それで貼り替え作業が充実するのだった。そのようなことを思う自分を意外に思いはしたが。

店舗ごとに値段設定が異なるが、遊里奈のバイト先のA大学前は学生の利用が多いので、レンタル料金も少し高額だ。

店舗ごと料金が異なることも、「利用が多いので高額」であることも、遊里奈が働き始めてから了解したことだ。それまでは全国一律、もしくは逆だと思っていた。

「逆？」店長はけげんな声をあげた。学生は金がないから、大学の側にあるレンタルショップはむしろ安価に設定するだろう、と遊里奈は普通に考えていた。実際は、学生は映画をよりみたがるから、あしもとをみている。

また、ここで働くまで、ビデオ屋における「新作」「準新作」「旧作」という料金区分は時限性なのだと思っていた。レンタル開始から半年たてば「準新作」に、一年たてば「旧作」になるというように。これも実際には違っていて、人気のある作品はいつまでも旧作にはならない。知ったとき、なんだかズル、と思ったものだ。旧作で、利益率の落ちた作品はそのままワゴンセールで売られていってしまうのが少し切ない。

「『アバター』のなにがいいか分からない。だって顔青いんだよ」先輩のノリコさんがやっと「準新作」から「旧作」になった『アバター』のパッケージをもう一人の男性の先輩――彼女にとっては同期――の山崎さんに次々と渡しながら訴えている。人気のあった映画だから、どっさりある。

「臨場感じゃないですか」

「そういうんじゃなくてさ山崎くん、顔が青いんだよ？」かおが、あおいのところに深い抑揚をつけた。

「ああ、３ＤでＩＭＡＸシアターで観ないと本当のよさが出ないってオッサンがよく言ってますよねー」

「もう、信じらんない」二人の会話は噛み合ってない。パッケージに大きく描かれた『アバター』の人物の顔はたしかに真っ青だ。仮に全身真っ青のイケメンや美女の映画を想像したら、たしかに嫌だ。

あれ、でも、だったら、なぜヒットしたんだろうか。

「なんでもＣＧって、やっぱり冷めるよねえ」

「ハリーハウゼンのコマ撮りの映画って観ました？　昔のなんですけど、あれすごいんですよ」

「あー『ベン・ハー』だったらなんか観た。すごいの、古代ギリシャの？　ローマの？　闘う場所……」

「コロシアム？」

「それ！　コロシアムを全部作ったんだって」

「金かけすぎ映画のはしりですよね」

ともあれ、遊里奈はやりとりを好もしく聞いている。レンタルビデオ屋の店員が裏で映画の話をしていることの素直さを。特に山崎さんのようなのが、布田先生が思い描いたところの未来のタランティーノだろう。

「小野さん、『アバター』劇場でみました？」不意にノリコに声をかけられた。若者も会話に混ぜてやろうと気遣われたかな。卑屈なことを思い、そういう受け止めはよくないとすぐに思い直した。

「みてません、私も……青いのが苦手で」話をあわせた。映画ならジャンルを問わずに観るが、色でいうなら血みどろの真っ赤な映画が遊里奈の愛好だ。

「だよね！」ノリコは勢いづいた。レジ応援要請のアナウンスが流れ、そのまま先輩二人は立ち上がり店に戻っていった。遊里奈はシールを一つ一つに貼り、専用のカートに載せて店内に戻る。

休憩時間に少し遅れてバックヤードに戻ると、先輩二人はまだ喋っていた。遊里奈にはまだ映画の話をしているのだと感じられた。

「しかし、掘ったよねえ」

「何日かけたんだろう」

「一日二日で掘れる穴ではないですよね」

「スケールを間違えてる」

「ヒッチコックの映画でも、サプライズパーティで驚かせすぎて心臓マヒで殺しちゃう話、ありますよ」

山崎さんはスマートフォンの画面をみながら、ノリコは客の落とし物の美顔ローラーを顎にくっつけて転がしながら会話していた。なんの映画の話をしているのかと思ったが、いきなり察しがついた。

二人は落とし穴に落ちて死んだ人間の話をしているが、もしかして映画ではない、と。

「それ、なんの映画ですか」それでもそう尋ねる。

「ちがうちがう、映画じゃない」山崎さんが手を大きくふった。やっぱり。

「小野ちゃんこないだのニュースみなかったの、少し前の事故」

「ああ、そうですか」

「なんかね、たしかね……」石川県のなんとか市（ノリコは市名を覚えていなかった）で若者数名がいたずらを仕掛けた。砂浜に落とし穴を掘り、妻が夫を呼び出し、連れ出して落とす。だが、掘った穴が深く大きすぎ、落ちた夫婦ともに窒息して死んでしまった。

「はあ、それは、すごい話ですね」

「ね！」ノリコは誰かが驚く顔をみせるたび、自分の中の驚きもその都度復活するみたいだ、目を丸くしている。

「かわいそう」という二の句にもノリコは「ね！」と大きな声をあげた。

かわいそうなのはこの場合、誰だろう。

人の死を喜ぶつもりはもちろん、遊里奈にはない。ただ興味が湧いた。落とし穴を掘った人の心に徐々に、しかし必ず指数関数的に強まる「あっ」という気持ちに。

「あっ」という気持ちは、人間を死なせた時の気持ちとしてはかなり、異質なもののはずだ。映画でみる（つまりフィクションの）映像群においても、あまり描かれることのない瞬間だ。殺意があって殺すとき、殺す側の人はもちろん「あっ」とは思わない。誰かが屋上から飛び降りるのを目撃したってだ。事故のとき、きっとそうなる。でも、その「あっ」は長く続かない、自動車事故にしろ、崖から落ちるのにしろ、すぐに悲劇が想像できるからだ。

落とし穴の場合はまず、成功したということへの「喜び」で心が満ちるはず。綺麗に決まった（のだから死ぬのだが）ことへの喜びが、その作製の苦労（したほどだから死ぬのだが）もあわせて、ひとまず大層な充実だけを呼ぶはずだ。

「あっ」は遅れてじわじわと訪れ、そして長い時間、支配したろう。それはもちろん嫌な気持ちに決まっているが、得難い瞬間でもある。得難い、と思うこと自体が「よくない」ことのようだ。だけど、思ってしまうものは仕方がない。心って、人にみられないことが本当に便利だな。

今話している先輩二人も、石川県の見も知らぬどこかの夫婦の事故を、悼んでいないようだ。遊里奈があまり真剣な顔だったせいか、聞かれていることに気付くと二人はその話題をやめてしまった。

「あ、小野さんもいる？」ノリコが美顔ローラーをぴたりと止めた。美顔ローラーを使うか、という意味だと思い首を縦にふったら、傍らに置かれていたお菓子の箱を滑らせてよこした。

「本社のなんとかさんの差し入れ」なんだと思いながら、箱の中の個包装された菓子を遊里奈は手にとる（美顔ローラー、やってみたかった）。

バイトを終えて駅に向かう。いつも車の多く行き交う通りはすいており、その分、たまに走り抜ける車には勢いがあった。月は細かったが、明るかった。歩きながら遊里奈は浜辺を思う。どうしても滑稽さと哀しさがまとう事件の、その現場を想像した。

誰かが死ぬというだけで、劇的だ。でもそれだけなら勘違いは生まれない。落とし穴に落ちる寸前まで、夫は甘い気持ちで妻の手を握ったかもしれない、妻はいたずら心を忍ばせ、うきうきしていただろう。そんな二人のことを二つの月光が照らしただろう。海に映るのと上空のと。

無邪気な夫だけでなく、いたずら心でほくそ笑む妻の気持ちだって甘いもので満たされていたはずだ。その甘さに共感出来るわけではない。恋愛のことが、遊里奈には分からない。

若いから「まだ」分からないのではない。自分はずっと分からないという予感がある。

電車を乗り継ぎ、また歩いた。帰り道もずっと月が明るいことで、遊里奈は知らない二人を悼む気持ちになった。誰もが、いつか死ぬことを認識している。でもそれが次の瞬間だと知ることだけは、できない。

そんなに滑稽でもない、普通のことだよ。二人を励ますなら、その言い方ではないか。普通、人が死ぬときにかける言葉ではないがドンマイ、と言ってあげたい。二人ともう、いないのだけど。

携帯電話を取り出し、顔をあげて、それから画面をみなおした。少し前に届いた布田先生からのメールに返信をした。

十月、安堂素成夫は布田先生と友人の男と三人で都内の寄席にきたが、落語のことは少ししか印象に残らなかった。

少し前の布田先生の授業で昔の落語のレコードを聴いて、授業後もアナログレコードと落語の話題で盛り上がった。友人が最近の落語にハマっているという話から、一つ寄席というものにいってみてやれ、ということになった。素成夫は生まれて初めて寄席にきたがそれは、入る前からなんとなしイメージした通りの空間だった。

二人目に登場した噺家が、枕に語った。

「今ニュースで知ったんですが、なんでもスティーブ・ジョブズが亡くなったそうで、えぇ……」神妙な声音に場内はざわついた。若い噺家は語りだす際、出て来た楽屋の方をみやったので一瞬だが、スティーブ・ジョブズが楽屋にいて倒れたようにも感じられた。そんなわけはない。

特に心酔していたとか、好きだったわけではないが、ジョブズが死んだという

「報」がこんなところでもたらされたことに素成夫は軽く衝撃を受けた。桟敷で素成夫は自分の大叔父が昔教えてくれた話も思い出した。

大叔父はジョン・レノンが射殺された報を、その日の寄席で、やはり噺家の枕で知ったといっていた。

落語はライブだから、その日の客のことをいじったり、ニュースをからめて話すのは珍しいことではないのだろう。ただし、毎日誰かが亡くなるからといって、そうそう誰でも彼でも枕に用いるわけでもないはずだ（素成夫は寄席にきたのがこの日が初めてだから、類推になるが）。有名人の訃報に限られようが、スティーブ・ジョブズという名はそれに該当するだけの知名度がある。だから今、ジョブズの訃報をかように伝達されたということは――死それ自体の意外さを除けば――特にイレギュラーなことではない。

なのに、素成夫には意外だった。寄席を出た後も、何度か大笑いした演目より訃報のことを思い出した。藪から棒という慣用句があるが、そのように訃報はぬっと差し出された。なんだい藪から棒に、なんて落語の中の大家さんがいかにもいいそうだが。

ゼミの友人と布田先生は歩きながら、トリ前の誰某の演目を絶賛している。素成夫はポケットに手をつっこみ、仏頂面で後に続く。

何十年も前の大叔父も、きっとそうしたろう。ジョン・レノンが射殺されたのは木枯らし吹く季節だったはず。きっと今の自分よりももっと背を丸め、肩をすぼめて歩いたろう。

「落語って、ジャズみたいなところありますよね」友人と布田先生は二人、素成夫の先を歩いていた。

「たしかにな」

「ですよね」先生の同意を得て、友人は勢いを得て語りが熱くなったようだった。

大叔父が聞かせてくれたのは三年前の法事でのことだったが、回想する大叔父の表情は終始険しいような、不思議そうな表情だった。

それまでジョン・レノンは図書室の伝記に並んでいるような、ガンジーとかキュリー夫人のような名詞だった——若者がそういうと、それはそれで上の世代には驚かれるのだったが——。ビートルズの曲はテレビで耳にして知っていても、親しみやすい存在ではない。

それなのに三年前から、身近な親戚と地続きになっている錯覚がある。実際には大叔父とジョン・レノンの間にはなんのつながりもないのに。

スティーブ・ジョブズと自分の距離だって同じじゃないか。ものすごく、遠い。寄席は笑って楽しい気持ちになる目的で通う場所だから、それと真逆の情報伝達をされ、不意をうたれたのだろうか。大叔父の場合はそうだったかもしれない。

「あ、ここでいいですか」友人が先生と談笑しながら、いつの間にか居酒屋の見当もつけてくれていた。

「ああ」布田先生はどこでも構わないという顔でチェーン店の看板をみあげた。入り口で銭湯みたいな靴箱の、木製の鍵をポケットにいれると、横で先生が「ズボンの左ポケット」と唱えて、やはり鍵をいれたポケットを手で叩いた。目があうと目尻に皺を寄せて軽く笑みをみせた。（年取るとなんでも忘れやすくなるんだよ）とボヤく感じで。友人はすのこに腰を下ろし、ブーツの靴紐をほどくのに難儀していた。素成夫のスマートフォンがメールを着信した。

「あ、ホンモクだ」今から来ても良いかって。かがんだ友人に声をかける。

「ああ、『彼女がせがんできて仕方ない』でおなじみのホンモクな……」やっとブーツを脱いだ友人は我が家のような足取りで、長い廊下をあらかじめ知っている道みたいに先導し始め、先生と素成夫と三人、縦並びになった。「せがんできて仕方ない」というフレーズは少し前に友人何人かで交わしていた話題（トピック）だ。最近付き合い始めた同期生同士のゴシップだが、布田先生もなんだよそれと食いついてきた。

「『私、性欲ハンパないから』って、アキノ本人もいってたし」露骨なセックスの欲求を、カップルの片方が昼の学食で妙にあけすけに言い放ったことで、むしろカジュアルに広まった。

「えーでも、ホンモクくん、自分で自分のこと『草食系』って言ってなかった？」

「そうそう。いつだっけ、ほら、布田ゼミで映画みた後も話し込んで、そのまま女子何人かと飯いく流れになってたのにさ、あいつ『ゲームやる』って帰っちゃったことあったよな」

「今は、『してやらないと仕方ない』って」素成夫も友人も、嫌らしい話をしている抑揚にならない。

「あ、ホンモク今からくるって……先生、ホンモクって奴、呼んでもいいですか」

「噂の草食系か、いいよ」八畳くらいの和室にいくつか置かれた、四人掛けの座卓に腰を下ろす。

「あぁ、まただよ」友人は嘆息してみせる。今度はホンモクとは無関係の話題のようだ。

「あいつも『ジョブズが、ジョブズが』って、マジうぜえ」手の中のスマートフォンでおそらくSNSの画面を更新しながら友人は毒づいてみせた。

「誰か死んだらすぐ、『R．I．P．』だもんな」

素成夫は頷く。誰が、という話ではない、ネット上の「大勢」がだ。

「だいたい、ジョブズって俺よく分かってないんだけどさ、なにした人よ」

「アップル社の会長だろう」

「その、手に持ってるものを作った人だよ」布田先生は二人ともが携えているスマートフォンを指差した。若者は知らないんだな、と嘆息する気配をかすかだがにじませたな、と素成夫はみてとった。

「君らに任せるわ」メニューを手渡して布田先生がトイレに立った。友人は居酒屋のけばけばしいメニューを広げ、注文のためのタブレットを引き寄せて操作し始めた。

「布田先生もさあ」てきぱきと注文を決定しながらつぶやく。

「うん」

「教え子とすぐやっちゃうらしいよ」

「へえ」布田先生もの「も」って、どこにつながるんだろうとまず思った。それから、ついさっきまで先生を慕って旺盛に会話していたのに、不在になった途端に掌を返して後ろ暗い噂を始めた友人に驚いた。さっきの布田先生の、ジョブズがスマートフォンの作り手であることを知らないのか、という眼差しをバカにしたものと感じ取り、意趣返しをしているのだろうか。

「前の学校はそれでやめさせられたって説も」

「へえ」相槌を打ったものの、わずかだが不快な気持ちがわき上がる。さっき交わしたアキノとホンモクの話題と違い、これは歴然とした陰口だから。

そこまで考えて、だが素成夫は反駁ではなく「スルー」することにした。

三人で乾杯をすませると素成夫は自分のスマートフォンを取り出した。また別の友人から誘いのメールがきている。返信を保留にして、ニュースサイトの画面を出す。見覚えのあるジョブズの画像がトップに表示された。会長は会長だけども、財界人の大物というだけではない存在だったようだ。素成夫の乏しい印象では彼はもっぱら「壇上の人」だった。それでさっき、余計に印象を強めたのか。

寄席もまた壇上だから。ジョブズもまた常に、客席の前でなにかをしていた人だ。横から先生に画面をのぞき込まれる。

「さっき、寄席で二つ目がジョブズの訃報を言ったとき、裏の楽屋で死んだみたいな言い方だったよな」布田先生はいい、素成夫はびっくりして頷いた。心や考えに「輪郭」があるとして、自分のそれを手で正確になぞられたような感覚を抱いた。

教え子となにをしていようと、自分は先生のことが好きだと感じた。

素成夫はこの日、安居酒屋で焼酎を朝まで飲んで酔いつぶれ、下駄箱の鍵を見失った。二日酔いの記憶に支配されることになり、ジョブズのことも後年までずっと思い出さなかった。

スティーブ・ジョブズが死んだ日は、小波美里にとってマックが死んだ日にもなった。

そう「言う」と彼の死を象徴として捉えているようで面白いから、しばらくの間、会う人ごとにそのように言ってみたりした。実際には面白いことでもなんでもない、単に、ちょうど訃報を知る寸前に美里愛用のマックブックが壊れたのだ。

昼間、異音がした後で動作が極端に遅くなった。最後に再起動したのはいつだったか。「スリープ」ばかりで再起動させずにいると、どんなパソコンも不安定になっていく。

「頼むぜ、泣かないでくれ」思わず画面に荒々しい声をかけた。昨冬、実家に帰る峠道でボンネットから煙が出てきたときの焦りをにわかに思い出しながら。

大学の事務仕事も一部を持ち帰って、家のパソコンでしてしまっていた。受信メールのデータだけでも手動で外付けのメディアに移したいが、マシンの進行が異様に遅い。

「なーに」母親のぼやきを聞き取った紬が、台所から声をかけてくれる。

なんでもない、と言おうとして口をつぐむ。利きの悪いトラックパッドに指を何度もはわせる。

「なにが泣きそうなの？」

「マックが」紬は悲しいとか腹立たしいということに敏感に反応する。

昔から、パソコンが壊れる前にはなにがしか予兆がある。本体から普段聞かないような音がしたり、ブツッと画面が消えてまた戻ったり。

あれ、なんか調子悪いな。バックアップとらないといけないぞ。思うだけではダメで、とらないと、本当に終わりになりうる。かれこれもう二十年以上、パソコンというものをいじっていたので、何度かそういう目にあってきた。

それだのに、美里はまたしても油断した。作業中の資料を、もし作り直すとしたら数時間はロスすることになるのに。電源ボタンを押し続け、強制的に終了させる。

再起動には数十秒待て、という知識が美里には備わっている。致命的なものであれ、ちょっとの不調であれ、パソコンの電源を落としてから再起動までに置くのがよいとされる数十秒は、いつも美里にコーヒーのドリップ時の最初の蒸らし時間を連想させる。無為の瞬間、紬の様子を見張る。質問したことを紬は忘れているかのように、床にぺたりと落ち着き、本に見入っている。もう、簡単なものではない、ある程度文字量のあるものも読めるようになった。

数十秒の後、起動音が鳴り響いてから画面真ん中に現れたアイコンは、間違いなくマックがほぼ死んだことを表すものだったのに、美里は悲嘆ではなくむしろ喜びの混じった「あっ」という声をあげた。

「なになに」紬が立ち上がり、近づいてきて傍らの丸椅子に乗り、画面をのぞき込んできた。

「サッドマック」懐かしい友を紹介する声音になった。擬人化され、泣いているマックのアイコンをみていたら、困ったとか弱ったという現実に当然抱くべき気持ちがいよいよ背後に遠ざかった。死者の死に顔に再会するって、変な気持ちだな。

「サッドってなあに」マックの部分はいつもYouTubeの動画をみたがるとき「マック」と呼び合っていたから、知らない方だけを質問された。

「サッドは悲しいという意味」

「サッドは悲しい」

「そう。悲しくて、みてごらん、ほら、マックが泣いてる」灰色の画面の中央にぽつんと表示されたそれが、自分自身（＝マック）を表しているということを、今の若者（紬のことではなく、パソコンをいじるような若者たち）は分からないんじゃないか。なにしろもう、マッキントッシュの「形」はずっと前からこんなじゃない。艶のないシルバーのノート型だ。

画面内の小さなアイコンの方はずっと昔の古いままだった。形状も八〇年代のブラウン管一体型マッキントッシュの形だし、色味にも乏しい。まだ白黒二色、もしくはモノクロ十六階調の時代の線画によるドットデザインだ。かつてのアイコンを思えばこそ、さっき「泣かないで」と声をあげたのだが、ここで表示されたのがまだその泣き顔アイコンだったことに、なんだか呆れる。

性能があがってもデザインが変わっても、そこは更新されないのか。いや、そうではなく、いろいろ更新されたという方が嘘なんじゃないか。べらぼうに高性能な頭脳やグラフィックボードや膨大なメモリを青天井に積み足されていっただけで、「彼自身」はあのころと同じまま。デザインも無理矢理すてきにされ、素早く高速に進歩して、ネットにつながったり動画が再生できたり、いろんなことができる「ふり」をし続けていたのではないか。勇者のまとうダイヤモンドの甲冑が脱げたら、貧相な真っ白いむき身の裸がただみえてしまったような、バツの悪い瞬間に立ち会ったみたい。

「サッドは悲しい」紬がぽつんと復唱し、美里はどきりとした。表情をみる限り、悲しみに同調している風ではなく、いつも動画をみているパソコンの画面がずっと固定されて変化しないことを紬は不思議に感じているだけのようだ。

「ワッフル焼こうか」明るくいって、立ち上がる。なにかが「死ぬ」ことについての概念を、紬ときちんと言葉で話しあったことが、そういえばまだない。今、この事例が「それ」にふさわしいのかどうか、とっさに判断がつかなかった。

「ワッフル」紬はなんでも復唱する。

結局、マックは買い替えなければいけないようだ。泣きたいのはこっちなのだが、懐かしのサッドマックをみたことで諦めがついた。まだかろうじて、アップルの新製品を買い替えることに対し、ワクワクする気持ちもあった。

それが、その夕刻のテレビでジョブズの訃報を知って、もうそんなワクワクする気持ちは二度と生じないんだと美里はいきなり悟った。追悼するニュース画面の中で動くジョブズの服装もサッドマックと同じモノトーンだった。まだ、これから先のアップル社がどんな製品を作るか、未来は分からないのにもう、思った。自分の仕事用のパソコンを、親を追って死んだ子供と勝手にみなして夜、珍しく一人で酒を飲んだ。

（サッドは悲しいという意味）自分が昼間、息子にした説明が、意味を省かれた、ただの「フレーズ」として心に立ちのぼった。

スティーブ・ジョブズが死んだからもうアップルはダメだという言説に根津神子は飽き飽きしていた。

まずネット上で誰かがいい、カフェで背後の男たちが言い交わし、大学の廊下で学生が訳知り顔にいう声も通りすぎざまに聞いた。神子はトイレから廊下までの施設内だけでなく外でも清掃を行う。校門から続く並木道にたまった落ち葉をブロワーと呼ばれる機械で端に吹き飛ばし続け、うるさい機械をやっと停止させた瞬間にさえ「ジョブズがいないと」と聞こえてきて、思わずその方向にブロワーを武器みたいに向けてしまった。

「皆、『ジョブズが死んだからアップルはダメ』言いたすぎ」居酒屋の端に置かれたテレビ画面の中でも、若者がインタビューに答えているのを神子は見咎めずにはいられない。

「美里も、こないだ同じことといってたよ」春菜はジョッキのビールをあおった。ついさっきまで、まるで別のことに憤慨していた。仕事で義務づけられていると思って前期からずっとしていたナース帽着用が、義務でもなんでもなかったことが判明したのだ。通勤してくるドクターの言葉を真に受けた。居酒屋に着くまであいつ死なす、死なすと何度もいっていたが、きっと殺さないだろう。それどころかなんだかあの医者と春菜はウマがあうように神子にはみえている。

「美里はいいよ。許す」

「なんでよ」反駁したものの春菜も同感だった。美里ならばジョブズについて一家言あっていい、と。春菜のスマートフォンが不意に着信した。メールのようだ。

「電話にしよう」画面内の文字をしばらく目で追ってから片方の手を神子に向けて拝む形にかざし、もう片方の指でパスワードを入力し、席を立った。

「ああ、神子と飲んでる、うん、そうそう……」旦那だな。神子は店員に手をあげ、レモンサワーを注文する。

「旦那さんにいった？」

「なにを」

「ナースキャップのこと」

「言うわけないじゃん！」

「そうなんだ」春菜が声を荒らげたが、神子は冷静に返事をした。言う「わけがない」のか？　共働きの結婚相手に対し、夜、私今日からナースキャップで働くことになってさあと、言う「わけがない」のか。コスプレ的な、「意味」が強いことだからか。

神子は結婚したことがないから分からない。家族もいない。母は神子が大学を卒業した年に、父はその翌々年に、相次いであっさりと亡くなった。あれよ、あれよ、という表現を、二度目の葬儀のときに思った。悲しかったが同時にあのときから、他の人と比べて自分は無闇に身軽になった気もしている。たとえば介護のことや結婚のプレッシャーもない、ゆえにあらゆる「鋳型」にもはめ込まれずに生きている気が。

春菜は春菜で、神子の言葉のなにかをぬっと突き出してきたような感じに驚いていた。レモンサワーを持ってきた店員にマグロのぬたを頼んだ。

「かぶったときから言ってないもん」

「そうなんだ」さっきと同じ相槌になった。

「そうだよ」そこでどっと店内が沸いた。

「私は、結婚したことがないから、そういう話をどこまでしたりしなかったりっていうのが、分からない」笑い声が収まるのを待って神子が続けた。

「そうか」春菜は皿にばらした焼き鳥を食べた。根津さんは清掃の格好をしていないときも、居酒屋でもいつもの根津さんなのだなと、なんだか感心する。

「『結婚するかも』って寸前までなったときとかないの」踏み込んでみた。

「ないなあ。私もてないからな」串から取りにくいレバーの一個目を歯で抜き取りながら神子は淡々と言う。そんなこと、とここは取り繕わないといけない。

でも、なんだか春菜は言いそびれた。実際のところ、神子は同性に好かれ、異性にはとっつきにくく思われそうだ。清掃の仕事を差別するつもりはないものの、きつい仕事と思うし、もっと別の世界で活躍できそうな人にみえる。神子はわざとそうしないという風でもある。結婚してなくても、一緒に暮らしているとか、付き合っている人はいるのかとか、聞いていい。

もっと踏み込んでもいいのだ。広い大学で神子と仲良くなって、もう半年以上たつ。

大震災のときに仲良くなった。

春休みにもなにかの事情できていた全校舎の学生達の避難誘導をし、帰宅させた。職員総出で、全校舎の見回りを手分けして行った。倒れたスチール棚が廊下を塞いでいるのを起こす際に、軍手を差し出してくれたのが神子だった。夜、広い教室で津波のニュース画面を大勢でみつめながら、会ったばかりの神子と自然と隣同士になっていて、煙草を分けてもらった。

吸い込み方を教わって、吸ってむせた。神子は真面目な顔で吸い方を指導してくれた。いい人だ、好きだな、そう思った。あのとき心強く感じた神子の平静さやクールネスを、今は謎とも思う。

この人なんなんだろう、と。どれだけ仲良くなっても出自や、暮らしぶりがずっとみえてこない。コメディタッチのミステリードラマに出てくる「謎の掃除婦」のままだ。たとえば美里が出産後に離婚して旧姓の小波に戻したとか、付き合ううち、窺いしれる部分が誰にもあるものなのに。

「もう、ジョブズの伝記が出るんだってよ」春菜の背後にテレビが据えられており、音は店の喧噪で聞こえないが、神子は目に入ったニュースを代読するみたいに伝えてくれた。

「顔がいいもんね。どんなに偉業をなしとげてもビル・ゲイツじゃ伝記にならない」春菜は話をあわせた。

「顔で決まるの、ひどい」いいながら、神子も特に抗議するつもりはない。追悼番組などで用いられる映像の中のジョブズは大抵、ラフなタートルネックにズボンで、手にはマックではない、ご存知 iPhone を持っている。今の映像でもだ。

「あの、iPhoneだかiPodだかの、試作品の出来が気に入らなくて、やにわに壁に投げつけて部下をちびらせたっていう、そんな伝説があるって聞いたけど、本当だろうか」

「任天堂の偉い人にもゲーム機を壁に投げつけた逸話があるって」

「それも美里情報？」本当ならばそれはとても愉快な話だ。

「世界のあまねく偉い社長は、必ず一度は会社の壁に自社製品を叩きつけたことがあるのならいい」春菜が言い、神子は「始まった」と思う。

「なにそれ」マグロのぬたは少なかったのですぐに食べ終えた。通りすがりの店員に今度は唐揚げを注文して春菜は続けた。ソニーの社長はウォークマンを、ライオンの社長は洗剤を、赤福の社長は赤福を。ベンツの社長は、さすがに車は投げられないのでエンブレムを。アッハッハと笑いながら、不意に、ものすごい勢いでぶん投げる。直前のアッハッハにあわせてうっかり愛想笑いを浮かべてしまったバカな部下たちは、ちびる前にまず唖然とするだろう。

　ときどき出てきて加速する春菜の「妄想」を神子は愛していたし、感化されそうにもなる。

「あ」買い換えたばかりらしい春菜のスマートフォンが着信音を鳴らし、また会話が途切れる。春菜は指でパスワードを入力し、さっきと同じように席を立った。

「もしもし？　うん、でも、もういいよ、私と兄とのことなんだから、私に決めさせてよ……」店が騒がしいからか、話が込み入っているからか、春菜は外に出て会話すると決めたようだ。

４５９４。神子はレモンサワーを飲んで春菜を待つ。地獄よ（４５９４）、かな。携帯電話がスマートフォンになったことで、ちょっと横目でみたらパスワードを盗み知るのが容易になってしまった。別に春菜の秘密を探るつもりはないが、大事なパスワードを無防備に押す誰の指の動きも、神子は追う癖がついていた。みえちゃうんだもの。メニューを眺め、次は日本酒にしようと決める。


小野遊里奈は休憩室に置かれた男性向け週刊誌をめくった。現代とかポストとかＦＬＡＳＨとか、いつも誰かがなにかを置いている。休憩所にも「休憩所らしさ」というものがあって、それを保つためにわざと置いているかのようだ。

スティーブ・ジョブズ死後のアップルの今後を憂う記事があり、遊里奈は読み飛ばした。

「実刑判決のリオン、山口組ももてあまし……か」歌舞伎役者を殴って逮捕された男について、彼が所属するヤクザ組織がどう処遇するかという記事は精読した。男性週刊誌によくある「袋とじ」はすでに誰かによってすべて開かれていて、遊里奈はそれもすべてみた。袋とじの中をみるのは、遊里奈はこれが初めてのことだったが臆することなどなかった。

「へえ」小さく声が出た。感心する、あるいは役立つような記載がそこにあったわけではない。袋とじにもヌードと、そうでないページとある。男性週刊誌の袋とじは、とじているからといって必ずヌードが載っているわけではないのだということを知った。そんなこともまた「知見を得た」のだといえるし、だから声も漏れた。

沢尻エリカの夫である男の連載コラムのページで手がとまった。離婚報道があってからずいぶん経つが、その後の報道は沈静化してしまっている。夫の連載に、妻への思いが綴られているわけはないだろうに、目を通してしまう。

店長が先輩バイトのミキ（安直に「ミキティ」と呼ばれている）と二人で休憩室にやってきた。二人で販促パネルを抱えている。休憩所は備品置き場も兼ねており、今日で使い終えることになったそれを持ってきたようだ。パネル自体はにぎやかだが、裏は真っ白だ。白いパネルの輪郭の丸みに、人間が集合した形であろうことがうっすらと窺える。

「お疲れさまです」声をかけ、週刊誌に目を戻す。空いていた向かいの椅子に腰掛けたミキは、最初スマートフォンに目を落としたが、宝石を消すゲームの無課金で遊べる分が終わったらしい、雑誌を覗き込んできた。店長は二人に背を向け、壁の棚から備品を取り出したりしまったりしている。

「あ、この人、エリカさまの旦那さん」熟読の所以を二人に説明してみせた。

「へえー」

「エリカさまについて、なにか言ってないかと思って……」みている理由まで説明すると遮られた。

「えー、小野さんって沢尻エリカが好きなんですか？　意外」あ、と思う。こういうことはかつてあったことだ。

「嫌いじゃないですよ」遊里奈は否定しないことにした。

「えー、そこは違うでしょう、そこはほら、『別に……！』って返すところでしょう」ミキは有名人のかつての「名言」を持ち出し、自分でウケて笑っている。店長まで振り向いて笑った。

「そうですね、間違えました」話をあわせて遊里奈も笑う。別のことで若干の幻滅を味わいながら。

なにかをみたり語ったりしていると、それを「好き」と思われてしまう。

おしるこが好きでおしるこをかきこむ人は、餡や餅が「好き」だ。そのことはまあ、間違いない。だからおしるこを食べている人に「おしるこ好きなんですね」と問うても、それは気の利いた洞察でもなんでもないが、さりとて間違いは言ってないことになる。

だがゴシップが好きでタレントのニュースをおいかけている、その好きぶりをつぶさに観察すれば分かる。その人らは「そのタレント」が好きなのではなく「離婚」や「熱愛」や「逮捕」が好きなのだ。

なのに、対象物を「好きなんですか」と見繕ってくる者はあらゆる集団の中に一人二人、交じる。遊里奈にはわずかだがはっきりと嫌悪がある。もちろん「ゴシップ好き」であることは、誇れることでは全然ない、だが、好きのありようについて、自負ってものがある。

え、そうなのか。遊里奈は驚きもした。自負ってものがある、と心の中で勢いづいた自分に対してだ。

「××さんって、○○（そのタレントの名）のこと好きなんだ」とか「そういう音楽を聴くんだ」と言葉が発せられると、それでその会話は事実上終えさせられてしまう。中学の休み時間でも高校の放課後でも、これはままあった。

なにかを語るということは、そのなにかを好きだからだろうという見立てがその都度遊里奈には分からなくて、え、と声をあげるしかない。「細かなことへの見解」など、その場で望まれていなかったのだと思うことにして、やり過ごした。

だが、今でもあのときの「遮り」やズレた見立てに対する怒りと傷つきを思い出すことができ、肌が粟立つ。そういう風に場の会話を支配する女が、大学に入るといなくなっていて、だから油断した。同時に、自負に気付いた自分に対して、愉快な気持ちも湧き上がっていた。無類のゴシップ好きであることの自覚はあったが、知らぬうちに自負さえ生じていたのか。

「高城剛なつかしい、ハイパーメディアクリエイター！」より年長の店長が今度は声をあげる。

「なにする人なんですか」

「ミキティ知らないの。なんか、ゲームとか作ってたと思うよ。ＰＣエンジンかセガサターンか、忘れたけど」

「セガサターンなつかしい！」今度はミキが声をあげ、また話題は移ろった。

「セガサターンって昭和ですよね」

「平成じゃなかったっけ」

「セガサターン、やったなあ、バーチャファイター。本体が壊れるまで遊んだよ」年号には頓着せず、店長はエプロンから大きなヤマトのりを取り出して、なにか後の作業のためにだろう、卓に置いた。

「店長甘い、私なんかバーチャのやりすぎで弟のコントローラ壊しましたよ」ミキの口から「甘い」も出て、遊里奈は（人知れず）身構えた。

何事につけ「甘い、私（俺）なんか……」というフレーズで話し始める人も（これは男女問わず）どんな集まりにも一人はいたもので、「好きなんだ」の短絡に類似したものを感じる。

今よりさらに若かったころの遊里奈は、それを言う人間に辟易したのみならず、その決めつけに対し寛容な場自体にさえかすかな疑念を保持したものだが、本当にこれはいつからだろう。「上から目線」という言葉が広まったころからだろうか、気付けば「甘い、私なんか」は、聞かない言葉になった。

年長のミキが久しぶりに示してみせた。ミキは、おばさんだ。実年齢と無関係に、おばさんのマインド。

バイトを終え、電車を乗り継ぐ。家の最寄りの書店で立ち読みをして、出てきたら踏切でつかまった。向こう側とこっち側と、遮断機が相次いで降りるのを眺め、誰にも分からないくらいかすかにだが、肩をすくめる。「好きなんだ」という他意のないただの問いに対して過剰に構えてしまう自分自身の若さは、大人びた遊里奈もまだ自覚できない。


一ヵ月後の夜、名村宏は都心のオフィス街でタクシーをやっと捕まえて乗り込んだ。ラジオ局の周囲はオフィスビルばかりだ。数少ない居酒屋で独り酒が長くなり、閉店時に肩を揺すられたなんて初めての経験だ。寒さでいくぶん酔いはさめた。

再び暖かい座席におさまると疲れを意識した。行く先を告げ、背もたれにもたれかかる。昼間のラジオ局の打ち合わせでさんざん疲弊させられた。プロデューサーもアシスタントディレクターも、お決まりのパワーポイントをホチキス留めした資料を手にしたまま特になんのアイデアも言わず、煙草をもみ消したり、ううん、と唸ったりするばかり。停滞しているだけでない、なんだか「古い打ち合わせだ」と感じた。今はラジオの過渡期で、それを象徴してもいたし、しかし彼らは理解していないようだった。

「地デジ」と並び、ラジオもデジタル化がスタートする話はずっと前からあったものの、局内はずっと揉めていた。福岡県で試験的に始まる放送用の、パイロット版番組のパーソナリティに抜擢されたということが、果たしてステップアップなのかどうか、分からない。現行の、深夜の十分間番組と掛け持ちだと思っていたのが、「それもいったん再検討ということで」と不透明な言葉が出てきた。

パワポの資料も不可解なものだった。「ネットと連動して相互性を高める」「動画コンテンツも同時に提供する」だなんて耳あたりのいい感じで書いてあるが、ラジオの本分に反している。ラジオの仕事をしていながら、宏は特にラジオ愛が強いわけではない。それでも、てやんでえ、という語が口をついて出そうになる。動画なんか、ネットにやらせとけ。

助手席のサンバイザーにつけられた、電光掲示板のような装置に文字が流れている。時事通信のニュースの合間に、宣伝の文言も流れる。この電光掲示もデジタルラジオの一環だということは世間には知られていない。ラジオ電波にのせて文字情報を送信している「見えるラジオ」だ。結局、タクシー以外でまるで広まらなかった。そのタクシーも、後部座席に液晶モニタが据え付けられ、もっと豊かな番組を提供出来るようになっている。

「シリーズの主演で人気・・・」電光掲示板のニュースは、途中から目に入った人がちゃんと全文を読めるようにか、二度繰り返す。二度目の途中からみていたら意味がないのだが、宏はリピートを待った。

「時事通信ニュース。俳優のリッキー・ホイ死去。『Mr. BOO!』シリーズの主演で人気・・・」ミスターブーって、あれだ、いかにもサブカル好きの美里が好きそうな、あれだろう。年末、帰省すると大晦日のローカルテレビでやっているコメディだ。

そういえば先月、スティーブ・ジョブズの訃報もタクシーで、この青い小さな電光掲示でみたんだっけ。あのときも美里がどんな感想を持つかを気にした。それから、俺先月はなんでタクシーに乗ったんだっけと思考は移ろった。いかにも過渡期の地味な装置について否定的な気持ちを持っているつもりなのに、宏はラジオ電波に乗せられて届くそれを本当は嫌いではなかった。不遇にみえるのだ。

翌月、山の中腹にある古いラブホテル群の、特にひなびたホテルの室内に布団利光は女といた。レンタカーのカーナビで付近にホテルがあるかないか検索して、寄り道したのだった。

事を終えてシャワーも浴び終えた女が神妙にスマートフォンの画面をみつめ、立ち歩きしながら電話をかけるのを利光は物憂げに見守っていた。女が「はい、はい……」と言いながらトイレの方まで歩き視界から消えたが、首を動かして追うことまではしなかった。

向こうの照明をつけてやろうと仰向けだった体をひるがえし、壁のスイッチ群のスイッチを適当に押したら、むしろ入り口の照明が消えた。これか？　別のをひねったらスピーカーからおしゃべりが流れ始めた。あわてて側のボリュームをひねる。ノイズの交じった、ラジオ放送らしい音声を利光は久々に耳にした。お笑い芸人だろうか。軽快なおしゃべりだ。どこでも聞くことの出来る放送だろうが、このボロい部屋でしか受信していないはるか昔の音声であるかのような錯覚がある。

入室するまでは、急坂の曲がり道の左右にぽつぽつとあるホテルのすべてが廃墟のようにさえ感じられたのに、門をくぐれば多くの部屋の前に車が停車していて、入室してもすでに暖房が効いているように暖かかった。

体だけの関係でたまに会っている元教え子だったが、向こうには恋人がいるのかもしれない。電話を受ける女の声音が常より妙に沈んだ気配なので、面倒に巻き込まれる予感が少しして、湿った枕から顔をあげた。

「なに」バスタオルを巻いた女と目が合った。スマートフォンを持った手をだらりとぶら下げた女の顔はゆがんでいる。

「エミちゃんが……友達が死んだって」ああ、(だったら)よかったという顔をしそうになるのを利光は慌てて引っ込める(少し、出てしまったかも)。

「え」ベッドから起き上がり、抱擁をしに近付く。

女を抱きしめるとすぐ涙の熱さが肩に感じられた。ぐずぐずと泣く女の後頭部に手を当てる。頭を撫でられたがらない女性が一定数いることは知っているが、ときどき、反射的に出てしまう。

今は哀しい人にする一般的な対応として自然だろう、などと咄嗟に考える。深く抱きしめれば顔と顔は横に並ぶから、表情をみられなくてすむのが楽なんだった——と特にこのときは不謹慎な顔はしていなかったものの——思ったりもした。無意識に気に入った女の頭を撫でてしまう癖があることに、布田利光自身は気付いておらず、このように自制できているとさえ思っていた。

「自殺だって」

「そうか」利光は驚かない。十年以上前に教えていた専門学校の子らも何人かがのちに自殺したと知らされた。

自殺した子らの多くは、利光に喰ってかかる子だった。情緒不安定で、課題への指摘に泣き出した子もいた。それらの行いは、その子らが自殺した直接の原因ではない。だが、若者の訃報を聞くたび、喰ってかかられたり泣き出したりされて途方にくれた瞬間に引き戻される。今もだ。

「私があのとき……！」女の言葉は途中から嗚咽になって聞き取れない。自分を責めているのは伝わった。利光はなにもいわずに背中を撫で続けながら居心地の悪さと尿意を感じ始めた。

あのころの自分は生徒皆に好かれようとして、誰のする発表も褒め、気さくな態度で授業をしていた。それで和気あいあいと楽しい授業ができたが、一部の感受性の鋭い子にはウケなかった。ダメな作品も上手な作品も一様に褒めるなんて公平じゃない、おまえは好かれたいだけだ。そのように欺瞞を見抜かれたのだと、そう思ったのは彼らの自殺を知らされてからだ。当時は、つっかかられてただ面倒にしか思わなかった。

俺は本当の教育者にはなれない。生徒と関係を持ってもまるで思うことのなかった実感が、そのときから今も保持されている。自分自身が教わった、かつての様々な教師たちを思い出す。四角四面で退屈な授業に終始していたあの先生、この先生が浮かんだ。皆、教えれば教えるほど、公平にして好かれることの危うさを身に沁みて知っていっただろう。

また別の学校で教えるようになって、特に教え方を変えたわけではない。今だって、懐いてくる若者とは変わらず呑みにいく。

自分は虚無的なのだろうか。女の涙でだんだん胸が熱くなってきた。

「ちょっと……トイレに」言った途端にすっと腕の力が抜けて解放される。体を離したので女の姿を、みた。自分と違って悲しみのただ中にいる。

「もう少し休んでからいこうか」トイレをすませて戻ると女は散らばった下着を身につけ始めていた。

「すぐ、東京に戻りたい」親友だったのらしい。

「わかった」利光も服を着込む。車の鍵、腕時計と身につけて、入り口まで進んで振り向くと、女はヤニの色にくすんだシャンデリア風照明の向こうの大鏡の前に立ち止まっていた。泣き顔のままの、鏡の中の自分を確認するみたいに、ただ立っている。

きっと、忘れないだろう。利光は女の姿をみて思った。

誰かが死んだ時、それを知った場所が、記憶に深く刻まれることがある。部屋に付随する駐車スペースの、電動の覆いは壊れているのか電力を節約しているのか、最初から動かなかった。入室中の誰のナンバープレートも丸見えで、いいんかいな、と入室前には二人で軽口を叩き合った。二人、真っ白い息を吐き出しながら車に乗り込む。こんな夜更けにラブホテルを出て行くのは我々だけだ。

思いついてラジオをつける。「大変なことの起こった二〇一一年もあとわずかとなりました。今夜はクリスマスソング特集です……」チャンネルが先と異なり、口調はおだやかだが、明るい声音で喋るラジオをつけたまま、怪しげな門を出る。

「今日はジョン・レノンの命日でもあります。まずは皆さんご存知のクリスマスナンバーをお届けしましょう」助手席に目をやると、女はスマートフォンでメールかなにかを送信しているみたいだ。共通の知人達と連絡をとっているのだろう。女の友人のこの訃報を、利光は自分も忘れない気がした。それから不意に、秋のある日のことを思い出した。スティーブ・ジョブズの訃報を、変な場所で知ったのだ。あれに似ている。

それを知る時、知った場所が、記憶に作用することがある。あの夜、俺は「R.I.P.（安らかに眠れ）」という語も知ったんだった。ラジオでかかったクリスマスソングを利光は聞いたことがあったが、へえ、これジョン・レノンの曲だったんだ、と初めて知った。大変な年だった、とアナウンサーはいった。まったく、その言語の通り、シンプルに「大変な」年だった。助手席で泣く女の涙は、その総決算であるわけがないが、勝手にそんな風にとらえる。ジョン・レノンの有名なこの曲はメリークリスマスのあとすぐハッピーニューイヤーまで一曲内で歌っている。

なんというか、手っ取り早い。いいぞ。

二〇一二年は良い年になるよ、きっと。今年より間違いなく、大変じゃない年だよ。根拠ないけど。利光はまったく愛していない女の頭をまた反射的に撫でてしまう。

2012年10月

葬儀に向かうと、その道中で葬儀に向かう人が分かる。あの人もきっと斎場だ、と。

服装もだが、気配で分かるのだ。コンサート会場に向かって歩く際に、同じコンサートにいく人がだんだん分かる感じに似ている。小波美里は人けのない住宅街を歩き、電柱一つ分離れた前を歩く喪服らしい女の背をみながら、ここではない渋谷の駅を出て歩く自分を思った。スクランブル交差点の群衆の中にまぎれ、その喧噪に包まれたまま繁華街を歩き、渋谷公会堂や、その向かいのエッグマンに着くまでも、多くの人群の中を歩く。その中に、なんとなくあの人も同じライブをみにいく人じゃないかと見当のつく人が出てきて、最後まで歩いてやはりそうだ、と分かるあの感じ。いや、さすがに同じではないか。斎場に向かうときと、それとでは。

いいや、違うだろうか。似た気分を感じるのに、不謹慎だからとあわてて違う違う、と心が気持ちを修正してしまうのではないか。

小波美里の前を歩く女は、知っているシルエットだし、歩き方だ。小走りで近づき呼びかけてみる。

「根津さん」振り向いた女は果たして根津神子だった。

「小波さん」美里はうなずいてみせた。お互いに、互いの名を発話したなと思う。

「驚いたね」美里の姿をみとめて発した神子の第一声は、美里がいきなり現れたことを意味するのでは、もちろんなかった。首藤春菜の夫の死に対する言葉だ。

「ご病気かなにか」そうか、根津さんは知らないんだ。

「それが」春菜の夫は山道で足を滑らせ、川に落ちて亡くなった。

「ほんとう？」

「そう聞いた」総務部内に回った連絡で知ったことは、もちろん本当だろうが、今ここで彼女に「本当」という相槌をうつことが美里にはできなかった。

「山登りをされていて？」

「たぶん、そういうことかと」春菜からじかに聞いたわけではない。神子の表情が険しくなったのを美里は認めた。

それから二言三言交わして、日暮れの街の歩道を二人で歩いた。車が通り過ぎてから縦並びになった。住宅街のようだがあちこちの電柱ごと、斎場の広告が貼り付けられている。「首藤家」の表記と「指の形の矢印」の書かれた紙は、それを持った男が駅を出てすぐのところに一人立っていただけで、あとはみなかった。

斎場では複数の通夜が執り行われているところであるらしかった。首藤家以外の矢印案内の男が駅前に立っていなかったのはなぜだろうと美里はまず考えたが、自分からなかった。

入り口の前で、神子はハンドバッグから数珠とふくさを取り出した。美里は数珠を持っておらず、香典袋をふくさにも包まずにいたので恥ずかしくなった。マナーのいろいろが「ちゃんと」していない自覚はあったが、世間の人は、いつどのタイミングでふくさや数珠を手に入れるのだろう。

神子に続いてロビーを歩くと、スーツ姿の男が取り囲むようにして、首藤春菜に頭をさげているのがみえた。


根津神子は地下鉄の出口から路上に出たときにもう、あとで小波美里と飲みにいく店の見当をつけていた。ここにしよう、と。

小さめの、定食屋でもある中華屋だ。皮の薄い餃子をアテに、生ではない瓶ビールを小さなコップでやるのがよさそうだ。通夜と葬儀の通知をくれたのも美里だ。同じ総務部同士だったことで、連絡網のようなものがあるのだろう。

矢印を持つ男に会釈をし、ずんずん歩きながら、現地でなく、美里と駅で待ち合わせればよかったかと考えた。特に事前に打ち合わせることがあるわけでもないし、心細いわけでもなかったが。通夜は長時間行うから、自分と彼女と完全に入れ違う可能性もある。

だから、道の途中で美里に声をかけてもらい、ほっとした気持ちになった。山で滑落死と聞き、神子は驚いた。かつて気にかけていた、大雪山で大勢が亡くなった事件をかすかに思い出した。

「首藤さんはどんな感じ?」

「電話で少しだけ話せたんだけど、その感じでは、うーん、泣き声ではあったけど……号泣という感じではなかった」神子が心中で気にかけていたであろうことをあらかじめ分かっていたみたいに美里は、春菜の様子を教えてくれた。

「信じられないね」

「本当に」お互い、安直な言語を発していることを自覚しつつ、そうでない感想などなにも持ちようのないことも分かるので、あとは黙って斎場を目指した。死因もだが同じ年ごろの、つまり老齢ではない夫の急死だ。「本当に」「信じられない」のに決まってる。

昨年、美里の自宅で集ってからたまに三人で——ときに美里の息子もいれて四人で——遊ぶようになり、春菜の家でも一度、亡くなった春菜の夫もまじえて、そうだ、四人でジェンガなんかした。

「乾杯、してはいけないんだった」斎場から歩いて戻り目当ての定食屋で二人、コップをあわせずに瓶ビールを飲んだ。

隣のテーブルも喪服の一団だ。別の通夜の帰りであるらしい、かしこまって慎んでいた反動でか、ネクタイをゆるめたおじさんたちの声は大きめだ。

都心に斎場ができるとき、その近隣では必ず反対運動が起きると聞く。だが、花屋や墓石屋だけでない、こういった食事の店が実は繁盛して、悪いことばかりではないのではないか。あまりオシャレでない、だが空腹にはしっかりこたえてくれるような店が通夜帰りにはちょうどいい。

「ジェンガしたときは元気だったのに」美里もやはり同じ場面を思い出したらしい。斎場を出て二人、もとの道を引き返す間は、故人の話題を出さなかった。まだ夜中ではないが、住宅街の閑静さに遠慮が働き、二人もくもくと大通りまで引き返してきた。

「したねえ、ジェンガ」集ったのは年末だ。クリスマスと大晦日の間の、あれは何日だったか。終電を逃し、つけたラジオでジョン・レノンのお決まりのクリスマスソングが流れた。ジェンガが出てきたのはその前後だったか。

薄皮で、もちもちしていない、古いタイプの餃子が運ばれてきた。

あのとき（ジェンガ！）神子は心の中で叫んだ。江國香織の小説『間宮兄弟』で、主人公の女性がいわゆる「オタク」の兄弟の家に招かれ、食後にボードゲームを取り出してこられた際にゲーム！　と感嘆符つきで面食らう場面を思い出しながら。大の大人が「ボードゲーム」をすることとの違和感が小説では描かれており、それはたしかにその時代の「一般的」な「思い方」の、基調だった。

あれから気付けば巷間では人狼ゲームやなんかが流行ったり、オタク全般の「一般的」な認識がみるみる変わっていったのだが、ジェンガを本当に遊ぶことの違和感は、かつて小説に描かれた「ゲーム！」の叫びと、似て非なることでもある気がした。もっとも、ジェンガはオタクの遊びではない。八〇年代のホイチョイプロに啓蒙されたところの「アフタースキー」の若者の遊びというイメージだ。

未開封のジェンガを取り出した春菜も夫も笑っていた。やはり二人にも、ジェンガだなんて、という含みがあるのだ。その前にセガサターンを遊んだ共有体験がなければ、出てこないもてなしだったかもしれない。

「私、初めてです」美里も感心していた。春菜はテーブルの皿を片付け、夫が未開封のジェンガを仔細に眺めた。神子は座面の広いソファに腰掛けた。

「ネズミは背もたれになんとかくっつくね。私は小さいから普通に座っても背もたれまで届かないの、でかすぎて」春菜が笑う。

「輸入家具屋で一目惚れして、無理して買ったんですよ」抗議めいた妻の言葉を取り合わないという顔で夫も笑いながら、ジェンガをテーブルに未開封のまま置いた。

「昨年の忘年会の景品でもらったきりのものです」夫は肌が奇麗で、いつか食堂で想像した「しゅっとしてない」中年像とはかけ離れていた。実家から送ってくるという讃岐うどんを茹で、薬味も手早く用意してくれたくらいで「出来る夫」と評価するのはさすがに安直かもしれないが、その手つきのままに取り出されたジェンガも、スムーズに振る舞ってくれる印象の延長に感じられた。

とにかく話にきく有名なジェンガというものをすなる人生を、神子は考えたことがなかった。

カロリーメイトくらいのサイズの木の棒を三本ずつ、縦横に交互に積み上げたところからゲームは始まる。積み上げやすいようにパッケージの紙がL字に折れていて、添えて立たせただけで、皆で盛り上がった。

「おぉ」

「ジェンガだ、ジェンガ」

「私、写真に撮ろう」春菜はスマートフォンのカメラを向けた。たしかに、積み上げられた木の塔はいかにも、SNSに載せると映える写真かもしれぬ。

「おっと」どこでもよいから引き抜いて、上にのせてゆく。高くなることと組まれた棒が抜かれていくことで、必ず安定が失われてスリルが増していく仕組みになっている。

「あー揺れてる揺れてる！」

「ダメかな、ここ抜いたらダメかな」椅子から立ち上がり、めいめい、少しでも抜きやすそうな場所を探し、テーブルをぐるりと巡った。

「あー！」倒れるときに全員の声が揃ったのも鮮明に覚えている。アハハハ、倒れて飛び散る木片の勢いに皆で驚き、大笑いしあったことも。

あのときの我々は、まごうかたなき「ジェンガを遊んでいる人」だった。交わされた会話もすべて、ジェンガを遊ぶ時にしか発しない語彙で、他の話題はなかった。高揚感が混ざった、暖房の効いた冬の室内で、我々は罪なくただただ遊びに興じている、それ以外の何者でもなかった。

その印象が、首藤春菜の夫という人と過ごしたほとんど全てであり、彼のイメージになってしまったことは、亡くなった夫自身、不本意だろう。

もっとも、不本意もなにも、「思い」ようはもうないのだが。

「ジェンガ初めてだったんですよ」醬油にラー油を足しながら、あのとき漏らしたのと同じ言葉を美里はいった。

「そうなんだ……あ、お酢は？」餃子を咀嚼していると、やはり通夜のあともう一杯といった感じの客がまた入店してきて、二人の横の四人掛けに案内されたようだ。美里はお酢を受け取ってそれも皿に入れると、椅子をひいて男達を通してやった。

「なんか、フィクションの中の遊びみたいだったな、ジェンガって」

「うん、ほうね」もぐもぐしながら相槌を続ける。テレビゲームに詳しいからって、そういう「アフタースキー」のゲームにまで精通していたわけではないらしい。

「なんか、生命保険の話をするときの相槌が、そのときだけ生命保険のコマーシャルの中の人みたいになっちゃうみたいに、ジェンガのときは『ジェンガになっちゃう』って感じがした……」美里の例示に神子は目を見張った。職場の更衣室でよく、保険の勧誘を受けるし、パンフレットを受け取る後輩の相槌もみていたから。たしかに、似ている。

　そういえば美里の理解が早かったことも神子は覚えている。三本ある木の棒のうち真ん中を抜くのは簡単だ。長く塔を保ちたければ、端をとっていかなければとすぐに把握し、そう口にもした。

献杯、という男達の太い声が隣で揃った。いつの間にか反対のテーブルにも喪服の一団が着席していた。ビールを注いだコップを、やはりくっつけあわずに飲み出す。

「根津さんは」またもぐもぐ咀嚼して、一拍置くらしい。続きを神子は待った。

「ものすごく、ジェンガが上手だった」ワンタンメンのスープをれんげですくい、ふうふうと息をふきかけ、ゆっくり飲んでから美里はしみじみと口にし、神子と目をあわせた。

「そうかな」

「根津さんは、すごく、上手だった」わざわざ二度、名前を呼んだと神子はひやりとした。美里はれんげに目を落とした。隣の笑声が不意に響き、びくりと神子は身構えた。

神子がときどき発揮する盗癖を、誰も気付いていない。神子自身、いつでもなんのプレッシャーや緊張感もたいして感じない。「簡単な状況」でしか絶対にしないからだし、簡単な状況は、しばしば訪れる。

あのときも、なにも思わなかった。思うわけがない。ジェンガの棒を抜き取るのは、なにかを盗んでいるのではないからだ。根津さんうまいね、すごい、うまーい。皆が「何者でもない、ただジェンガをしている人たち」になっていて、感心の仕方も邪気のないものだった。だが今、十ヵ月も後になって場末の定食屋で洞察力のある人間に、なにかを見抜かれた気がした。

私はどうやらジェンガがうますぎるらしい。そんなことないよー、とトボけるよりも、まあね、と余裕をみせた方がいいんじゃないか。

そうするより先に美里が出し抜けに席をたち、神子は狼狽した。

「そろそろ帰らなきゃ、ごめん」

「え」

「子供を預かってもらってて」

あ、そうね。札を置いて美里が立ち去り、神子はほっとした。なんの追及を受けるわけでもないのに。

美里と入れ替わりで通夜帰りとおぼしき一群がまた入ってくる。神子は一人ゆっくりとビールの残りをあおることにした。店内の客はほぼ全員が黒い服で、コップをカチンとあわせずに、しかしどの顔もくつろいでいて笑声をあげ、すぐに大声で笑いあう。

まるで仕組みのようだ。順に並び、お悔やみを述べ、頭を垂れて、駅までを黙々と歩き、ちょっと休もう、ちょうどいい店がある、立ち寄って、ほぐれて笑って。パチンコの玉が最終的には最下段に吸い込まれるように……いや、その比喩だと、失敗する仕組みみたいだからちがうな。

神子は栓抜きをポケットにしまって店を出る。自分の胸に、スリルや高揚や、あるいは罪悪感が発生していないかというと、これがよく分からない。

歩くとすぐ地下鉄の入り口がみえたが、高速道路脇のこの道をずっと歩けば、A大学の方に行き当たるな、と思いついた。神子の家は勤務先の最寄りというわけではなかったが、いつもの景色とここと、道が通じていると気付いたことに対し興がのった。「考え」もしたかった。

よし。幸い「喪服にもあうが歩きやすい」が売りの靴で、すでに履き慣れているから、靴擦れも大丈夫だろう。歩くと決め、車の行き来の激しい夜の国道脇を神子は進んだ。進みながら考えた。

自分が欲しい物は盗まない。お店の売り物は盗まない。そして、これは主観の判断になるが、相手にとって大事そうなものも盗まない。

この栓抜きが、と上着のポケットから銀の栓抜きを取り出す。お店の創業から伝わる大事な思い出の栓抜きかもしれないのだが。いや、そんなことなさそうだ。

ではなぜそんな無意味なものに、ときどき自分の指は動くのだろう。両親を若くしてなくしたことのトラウマ。心理学者ならそんなところに遠因を求めるだろうか。だが盗みは両親の健在だったころからだ。

前を歩いていた女の肩掛けのトートバッグからなにかが落ちた。

「落ちましたよ」声をかけ、拾い上げて手渡す。コーチの長財布だ。

「ああっ、ありがとうございます」振り向いた女は、自分の財布を受け取りながら、びびった声をあげる。自分が大事なものを落としたことを、即座には了解できないのだ。目前に差し出してきた人間が敵か味方かの判断がつかなくなり混乱するのだろう。感謝というよりは戸惑い顔の女に会釈をし、追い抜いて歩き続ける。

海外旅行で日本にきた人が驚く場面をみた。テレビでみたのだ。カフェなどで、財布やクレジットカードが入ったバッグをまるごと置きっぱなしのまま、平気でトイレに立つ日本人が実に多いということに。行き先が近所のコンビニだからと鍵をかけずに家を出る者もたくさんいる。わずか数十秒のうちに滑り込むように侵入する賊のことを、真面目に想像するのは難しいのだろう。

他方、猟銃を常に枕元において寝るアメリカの一家を、これもテレビでみた。そこまで世間を信用しないで生きていかねばならないのもまた極端なことのようだけども、たしかに、神子の指が動くのは、極端に油断している持ち物に対してだ。

バッグや上着を置いてトイレにいく、あれは「盗まれない」と思ってのことなのかな。どうなんだろう。「盗まれない」と「思った」のか。テレビでそのことに答えている人をみたことはない。盗まれた人は皆、さっきの路上で財布を落とした女のようにびびった態度になるだろうし。

でも、盗まれるまでは、盗まれてもどこかで、いい、と思ってるってことじゃないのか。

そんなに、なにもかも大事に生きなくてよい。旺盛に生きなくてよい。生きなくてよい、ではなく。

私は世界に触れてみたいのかな。いつか、みつかりたいのか。謝って、泣きながら、そのことで生きている実感を得たいのかな。

高架をくぐりオレンジの照明に包まれると生前の母を思い出した。母はダイアナ妃が好き、というか常に気にしていて、いつでもワイドショーを追っていた(母に限らず、世の多くの女性たちに彼女は人気があった)。そのダイアナ妃の最期が報道されたのがトンネルで、その映像はオレンジ一色だった。高架はトンネルではない、すぐにくぐり終える。

母の死も交通事故で、ダイアナ妃の死の翌年だった。それはまあ、たまたまのことでなにを示唆することでもない。

親の亡くなる前から盗みをしていたからといって、その死が盗み続けることと無関係とは限らないよな、とも思う。誰かの死が、ある行為を助長したり、衝動の収まりを遅延させたり、していないとは言いきれぬ。

「やけ」とか「捨て鉢」といった「言葉」にすると大げさで格好良くなってしまうから厳密に違うと言いたいが、でも間違いなく両親が生きていたときよりも私は、自分で自分をいい加減に生かしている。それに自分は、自分の悲嘆ぶりや傷つき具合を正確に把握することはできない。

そこで考えが止まったのは、思っていたよりも早く、いきなり知っている景色になったからだ。清掃の仕事仲間の中でも神子は極端に足が速く、よく根津さん待ってと呼び止められる。

もう少し歩けばレンタルビデオ屋の看板、ファミリーレストランと、コーヒー店、そしてA大学の大きな看板。斎場の最寄り駅と勤務先と、本当に地続きだった。地図上のこととして知っているのと、本当にそうであることを確認することは別だ。

「本当にそうである」ことを確認したいことと、自分の盗癖は似ている。単なる自己肯定ではあるのだが。神子は横断歩道の前で立ち止まる。ファミリーレストランか、コーヒー店に入ろう。

旺盛に生きなくてよいと最初に思ったのはいつだろうかと考えながら横断歩道を渡った。すいているコーヒー店でトールサイズのラテを受け取り、カウンターの丸椅子に腰を下ろしたとき、嫌な、不思議な解放感を覚える。

「うそ」喪服の腹のボタンが飛んでいた。

名村宏は紬と二人、都心のラジオ局近くのファミリーレストランにいた。小波美里から、友人の旦那が急死したと連絡を受けたのは昨夜だった。

そんな風な突発的な事情で子供を預かるのは初めてのことだった。宏の担当する番組は深夜だから編成会議などを終えても、夕方にはいったん体が空くのだが、この日は臨時ニュースが入ったときのための「待機当番」だったので、紬には事務室を兼ねた控え室で一緒に過ごしてもらうことになった。

「待たせちゃったから、なんでも食べていいよ。紬はおこさまランチにするか……え、しないの」断られたので驚いた。

「おこさまランチにしないの？」同じことを二度尋ね、うん、と大きく頷かれた。

「ハンバーグでいい」

「あ、そう」調子を狂わされたような気持ちだ。自分の持っているのではなく、紬のメニューを覗き込んでしまう（そっちのメニューのおこさまランチはまずそうなのが載っている、わけがないのに）。子供は誰であれ、おしなべておこさまランチが好きだろうと決めつけていたわけではないのだが、断ると思っていなかった。

背伸びした心持ちで、大人が食べるものがいいという意味かと最初は思った。

「ハンバーグセットに、じゃあプリンもつけるか」

「プリンはいい」紬は首を振って、漫画をめくった。美里に持たされた「紬用セット」のリュックに入っているうちの一冊だ。機嫌が悪いのか。ラジオ局の中を見学しているときは、特に楽しんでいるのでも、退屈している風でもなかった。

めくっている漫画が『クレヨンしんちゃん』で、少し意外に思う。もうアンパンマンで喜ぶ年齢ではなかろうが。さりとて母親の好みでもなさそうだ。

「ドリンクバー……飲み物はいるよな」

「うん」紬が屈託のない顔をみせたので安堵する。じゃあ、一緒にいこう。荷物を置きっぱなしでよいかどうか、周囲の客層を一応見渡してから立ち上がる。都心の、午後八時のファミリーレストランは中年男性ばかり。

コーラを注いでやって、手に持たせるとこぼしそうなので、自分でコーヒーと二つ持って席に戻る。久々にそれをしてみて、思い出した。

いつでも、男が飲み物を二つ持って歩く瞬間はかっこ悪い。かつてそう思っていたことを。だが、構わずに戻る。かっこ悪いがもういいのだ。もう、別にかっこよくなくてよい。そのことも思い出した。

テーブルで渡してやると、紬はゆっくり口をつけた。おとなしい子だとつくづく思う。いつからあるのか幼児によく言われるところの「イヤイヤ期」も彼には特になかったと美里から聞いている。「おとなしいな」と、美里には言わないよう気をつけている。おとなしいからよかったな、楽だよな、と子育ての大変さを軽視しているよう受け取られたくない。

「これ、お母さんの漫画か？」

「おばあちゃんがくれた」

「そっか……あ、ストローいるか」ストローは断られなかった。紬は学校のことを聞けば顔をあげて、嫌でもなさそうに教えてくれる。担任の戸倉先生がどんな人かとか、一緒に帰るようになった友達とする遊びを。だが、自分から話したい話題がなさそうで、しばらく会話が途切れると漫画に戻る。

「あ、その作者って……」言いかけた言葉を引っ込める。死んだんじゃなかったか。

たしか、崖から落ちて。

そういえば、美里が通夜に向かった相手もそんな死因だったと聞いていた。ハンバーグを食べる息子の姿を携帯電話で写真に収め、美里に送る。ソースで汚れないよう漫画本を取り除けてから、表紙を眺める。アニメが人気だから、もちろんこの造形の主人公のことを宏も知っている。作中のお母さんの顔がピカソ（の描いた絵）みたいだと感じることも、作中の父親が自分と同じ「ひろし」ということまで一揃えで思い出した。

そのことでなにかの揶揄を受けたことはまだない。表紙に「新クレヨンしんちゃん1」とあることに目をとめる。奥付をみると二〇一二年七月とある。作者が亡くなったのはもっとずっと前だったはずだ。ある日、一人で山にいくと家族に伝えて出かけていき、崖から落ちた。たしかそうだった。これまでずっと忘れていたが、思い出してみると妙に細かいことを宏は覚えていた。

なんだそれはと宏の気持ちは立ち止まり、コーヒーを飲む。

作者は出かける前「山にいってくる」と言っただろうか。あるいは「ちょっと出てくる」とでも？

「今日はどちらの山へ」と靴べらを手渡しながら妻に問われただろうか。「うん、今日はナンタラ山にな」とでも答えただろうか。

自分がなにに引っかかったのか、宏はうまく説明できない。一人で山にいくと家族に告げていったというのが、寓話みたいだ。おじいさんは山へしばかりに、おばあさんは川へ洗濯に。そういう「調子」みたいなニュースだった。

作者が死んでも、漫画やアニメが続くということには、宏は驚かない。奥付でなく漫画本の目次をみれば、冒頭に説明も記載されていた。故人の遺志を受け継いで、スタッフたちで新たな作品を描いていくのだと宣言されている。

そんな「新」もあるのか。

「面白い？」紬に問われて顔をあげる。

「え、」面白いわけないだろう。言いかけて、変な印象を与えていると気付いた。序文から数ページ、なんとなくめくっていたから、険しい顔で漫画を読んでいたようにみえただろう。

「面白いよ……いや、別に面白くないな」もうハンバーグをあらかた食べ終えた紬に漫画を返した。どっちなの、と紬は言わない。まだ幼い彼が「ツッコミ」をするのを、宏はみたことがない。

夜、小野遊里奈はバイト先のビルの裏手の非常階段を登りながら、その『クレヨンしんちゃん』の作者（名前は思い出せなかった）の転落事故を思い出していた。四階の踊り場にある喫煙所にいる先輩に、店長からの言伝をしなければならなかった。簡単に引き受けたことを遊里奈は後悔した。

ビデオ店の入っているビル内はすべて禁煙で、従業員向けの喫煙所も四階の踊り場だけにしかないのらしい。後悔したのは喫煙所にいくのが嫌だったからではない。遊里奈は煙草をすわないが、母が愛煙家だったこともあり、喫煙者があらゆる公共の場ですみっこに追いやられることには同情に近い気持ちを抱いている。

後悔はひとえに、「怖いタイプの」階段だったことで生じていた。

鉄製の幅の狭いもので、ろくに覆いがされていない。細い手すりが腰のあたりと、あとは細いワイヤーの補強が膝のあたりにあるだけで、それらの隙間から――どう体を滑らせるとかは分からないが――どうかすればするんと飛び出て転落してしまう。自分の肉体の容積的には、十分それは起こりうる。太ももから下の肌がぞっと粟立つ。死んだ漫画家も、普段ほとんど誰も落ちることのない崖から転落したと聞いた。

「容積的には」という認識もおかしいなと思いつつ、カンカンいわせながら体を上昇させる。恐ろしくて足がすくむほどの恐怖でもないが、踊り場を一つ越えるごと用心深くなっていく。

子供のころ遊里奈は滑り台で遊ぶことができなかった。

彼女の通った幼稚園の庭には二つの滑り台があった。端の方に年少者のための小さなものと、中央に、少し大きくなった子供のための、どこの公園でもみかける一般的な滑り台と。小さな滑り台は象を模した、段が三つしかないもので、その三段とも室内の階段のようなものだった。遊里奈は卒園まで、小さな滑り台でしか遊ばなかった。小学生になっても、街中の公園の滑り台にものぼらない。

段と段の間にある隙間が怖かったのだ。

容積的には、という言葉で――当時から思ったわけではないが――あれと同質の恐怖を思い出す。成長して、自分の「容積」が滑り台の、段と段の隙間よりも大きくなってやっと、恐怖心は薄れたが、そのころにはもう滑り台が楽しい年齢ではなくなっていた。

四階の踊り場の灰皿脇の壁に先輩はもたれかかっていた。これまで同じシフトになったことのあまりない先輩だ。

「原口さん」名前を呼ぶが視線をあげさえしない。紫煙に包まれながらスマートフォンに夢中だ。

「店長が、電話があったと伝えてくれって言ってます」

「誰から？」スマートフォンに視線を落としていた革ジャンの原口先輩はうろんげに遊里奈をみる。

「さあ……あと、昨日入った新人の子に、清掃作業を教えるようにって」

「新人、ああ、あの子ね」

なんだか含むところのある顔になったな。とにかく言伝は終えたので、よろよろとした及び腰で階段を降りて休憩室に戻る。

バックヤードに戻るとノリコさんと山崎さんと新人の子がいた。ノリコさんだけが休憩で、ネイルの塗り具合を真剣にみつめている。新人の子は、昨年自分も教わった準新作と旧作のシールの貼り替えを山崎さんとともにしている。遊里奈はスチール椅子に腰を下ろして誰かが置いていった写真週刊誌を手にとる。女優のゴシップが気になっていたから。

「引き留められませんでした？」ノリコが爪から目を離し、口をとがらせる。

「いや、え、原口先輩にですか？」ノリコは首だけ動かして、上の喫煙所を示した。

「あいつ、私のこと悪くいって、味方を作ろうとしそうだったから」そういえば二人、少し前に仕事のなにかでモメていた。なんだっけ。

「あいつ、日誌も書かないし、返却をちゃんと元に戻さないし、ダメだよ」山崎さんも顔をあげ、ノリコに同調した。新人の子は静かに作業を続けている。

「いや、遅くなったのは話し込んだからではなくて、あの外階段が怖くて」週刊誌を読みたかったが、つい補足をしてしまった。

「あ、小野さんも高所恐怖症なんですか」

「いや、うん」歯切れの悪い返事になる。

滑り台の段の隙間が怖いとか、階段がむき出しで怖いのは「高所」が怖いということと、重なっているようで異なる。

「私も、スカイツリーとかもう絶対に無理」

「今いっても、余裕で二時間待ちらしいよ」山崎さんが役に立たないずれた補足をして、ワゴンセール行きとなった古いDVDとCDを段ボール箱につめ、腰を使って持ち上げた。そのまま売り場に出るだろうから、閉店後に掘り出し物をみないと。

「私はスカイツリーとかそういうのは平気です」遊里奈は付け足す。エッフェル塔でも東京タワーでも平気だった。強化ガラスや頑丈な鉄骨や壁で保護された高所から下界を見下ろす行為は、ちょっとも足がすくむことはない。

「吊り橋とか、むき出しの古い観覧車とか、古いスキーのリフトとか、なんていうんだろう、つまり『空気にむき出しになっている』と怖いんですよ」

「あー、揺れるもんね」遊里奈への理解を示そうとして付け足してくるノリコの言葉だが、やっぱり自分の感覚と異なっている。揺れもまるで関係がない。

なぜ皆、自分が、自分の肉体を百パーセントコントロールしきれると、思っているのだろう。

「いや、外階段も、側面がなにかで覆われてるだけでも安心なんです」

「トタンみたいなものでも？」出ていきかけていた山崎さんが段ボールを持ったまま振り向いて、興味を惹かれたという顔をしてみせた。

「そうです、そうです、トタンでいいんです、紙とかでなければ」話させておいて、そしてこちらも話しておいて、そんなにも知りたい、（こちらも）言いたいことかなこれ、と思うような会話でもあるが、彼は思案顔になった。

「『自分が』足を滑らせないっていう自信がないんですよ」

「えー、だって、そんなの、普通にしてたら滑らないでしょう」

「私は、自信ありません……崖から落ちて死んだ漫画家さんがいたでしょう」

「臼井儀人ですね」そのとき不意に、シールの貼り替えを任されていた新顔の女が顔をあげてボソッとつぶやいた。

「え」

「『クレヨンしんちゃん』の作者ですよね、崖の底を撮影しようとして落ちて死んだ漫画家」そうそうその人。相槌をうちながら、作者名が瞬時に出てきたことに遊里奈は戸惑った。瞬時だったし、なにかこう、勢いもあった。さりげなく、さっと刃物を取り出してすぐにしまってみせたような、空気を動かす気配が生じた。

同時に、新顔の言葉で不意に明瞭に思い出してきた。

欲望のような気持ちを、かつて抱いたことを。

「トタンなんかで、守られてるって思えなくない？」山崎さんが話を戻す。

「そうだけど、それはトタンをつけた人を信頼します」信頼するっていうか。考えをより正しく言葉にしたかった。

「そういえば、階段から転落して死んだ人もいたよね、歌手の……」ノリコのうろ覚えにも新顔が「坂井(さかい)泉水(いずみ)です」と即座に名前をあげた。

「そうそう！　ＺＡＲＤの人、ね、超かわいそうかった！」とノリコは大声になった。

「あれってやっぱり、自殺かなあ、ねえ？」

「分かりませんが、落ちたのは階段ではなくて三メートルの高さのスロープからです」新顔は無表情なままスラスラと述べた。それで話題は、有名人の謎の死の話に移ってしまった。そういうゴシップは遊里奈も嫌いではないが、新顔の子の不思議な反応が気になったのと、自分で思い出した欲望のような気持ちとに囚われながら遊里奈は休憩を終えてレジに戻った。

「こちら七泊八日で、二十五日の返却となります」漫画家が崖から落ちたとき、まず自殺が、それから事件の可能性が疑われた。転落した場所は過去に事故の起きたことなどほとんどない場所だったからだ。

大ヒットをものし功成り名を遂げた人だから、対人関係や金銭のトラブルがあったかもしれないと騒がれた。

結果的に、事故とみなされた大きな理由が、彼の所持していたデジタルカメラに残された最後の一枚だ。

「こちら、カードの方の有効期限が切れますが、新しく延長されますか……ありがとうございます、それでは一年間の会費の方を、別に頂戴いたします」遊里奈はマニュアルどおりの受け答えでレジを処理し、お辞儀を繰り返す。深夜でも明るい店内には新作ビデオのダイジェスト映像の音が繰り返されている。遊里奈は行列のできたレジの手を休めず、考えに意識を委ねる。デジカメに残った最後の一枚は、転落した崖の上からはるか下を覗き込もうとした景色だったという。それを撮影して足を滑らせた。

ほら。やっぱり。自分で自分の肉体の制御をしきれるなんてこと、信用出来ない。信用出来ないことを認めるからこそ、その漫画家の死を「事故」とみなすことができたのではないか。「普通落ちない」から調査したはずなのに。

遊里奈は事故という判断を疑ったわけではない。さっき名前の出た、ZARDというグループの人気ボーカリストについても、薬物の使用や陰謀論を言う人が大勢いた。「普通、スロープから落ちるわけがない」というのが根拠だった。

そうではなく「普通落ちるわけがない」のに落ちるのはそのまま、人が自分の肉体の動きを御しきれないことの証明だと遊里奈は思う。だから誰にどう言われても永遠に、覆いのない外階段は「怖い」。あらゆる人間は突然、不自然な隙間から体をするんと滑らせるかもしれないのだから、大勢がもっと怖く思うべきだ。外階段をというよりも、自分というもの（のコントロール不可能性）をだ。

遊里奈は漫画家が最後に写した（そして死んだ）一枚を、みてみたいと思った。自分の肉体が自分のコントロールを離れる（信じられないような）理由が、そこにあるかもしれない。ドキドキとそう思ったことを、さっき新人の不思議なタイミングでの言葉（「臼井儀人ですね」）を聞くまで忘れていた。忘れることだって、コントロール不可能のことで、怖い。

「七枚のご利用で七百三十五円です……ご利用ありがとうございました」

閉店後の掃除とミーティングを終え、バックヤードに戻った。写真週刊誌を買った店長がもういらないと言っていたので、もらって帰ろうと思ったのだ。

夜番の何名かはワゴンセールの掘り出し物を漁るのに残ったが、思いのほかレジが混んで疲れたのと、自分の好みはバイトの皆とも違うから、ほしいものは残っているだろうと考えた。

バックヤードに入ると新顔の子がスチール椅子に腰掛けて、その写真週刊誌を開いていた。

「あ、お疲れ様、えーと」後ろから覗き込む形になった。朝礼（夜番でもそう呼ぶ）で紹介されたとき、聞いた名を遊里奈は忘れてしまっていた。

ヤクザの抗争の記事をちょうど読んでいたところで、意外だった。そんな記事に興味を持ちそうもない、若い子のはずだったからだ。

「蕗山（ふきやま）です」新顔はまず名乗り、立ち上がってから振り向いた。それから週刊誌を手渡された。

「え、いや……」蕗山さん読むなら別に、私の買ったものでもないし、どうぞ持って帰っていいよ、という言葉をなんだか口に出せなかった。むしろすごく面白いからぜひどうぞという感じの強さで、押し付けられるように渡して寄越したのを、おずおずと受け取る。どぎまぎしたのは、正面から改めてみた彼女が美少女だったからで、ますます、ヤクザの抗争の記事を熟読していたことと印象の辻褄があわなくなった。逆に、革ジャンの先輩のあの表情も、つまり彼女を「狙って」いてのものだと急に邪推された。自分に発揮されたうろんな態度も含め、分かりやすい人柄が透けてみえた。

「お疲れ様でした」

「お疲れ様でした……」蕗山という子はすっすと去っていった。A大の学生、後輩だろうか。さっき休憩時間に交わしたやりとりも、なんだか不思議だった。彼女ともっと話をしてみたい。遊里奈は写真週刊誌を丸めて手に持った。それから携帯電話を取り出す。

[今日のバイトも無事に終わりました。明日は会えるの楽しみです] 布田先生に送信する。

蕗山フキ子はレンタルビデオ店から数分歩いたところにある、高速道路のガード下の駐輪場にいた。駐輪番号を忘れて、あ、そうかと思う（駐輪番号を覚えなければいけないのだ）。まったく、油断している。

確認のために奥まで歩いた。新しいプジョーの白い自転車だ。停めたときは満車に近かったが深夜の駐輪場は半分以上が空いていて、レールがあちこちみえていた。五十九番。番号を心に刻み、精算機に戻って入力する。どこかで酔っ払いが叫声をあげた。

昼に感心したばかりの「上の段」から自転車を引っ張りだす。自転車を収めたレールは下の段を邪魔しない程度に伸びてから斜めに傾き、それで出し入れができる。上下二段になっている駐輪スペースの、上の段の自転車はどうやって持ち上げるのか、フキ子は今日初めて知ったのだ。自転車を両手で抱えてレールに載せるのではあるまいし、どうやってあそこに？　これまで自転車をあまり活用しない人生だった。この自転車を買ったのもほんの数日前のこと。

A大学の講義に訳あって後期からもぐりこんでいる。大学で講義を受けるのも、アルバイトをするのもフキ子には初めてのことだ（普通の大学生と年齢は変わらないのだが）。

駐輪場で自転車がみっしり二段になった景色だけをみると、そのたび不思議に思っていた。駐輪したことのある人から順に、知った人になっていく。もう二度と不思議には思わない。

自転車を抱えてレールに載せる「わけがない」とは思っていたものの、そうでないなんて言いきれないとも思っていた。フキ子にはそれくらいの腕力はあるし、地下駐車場で二段、三段と車を駐車する様をみたことがあるからだ。フキ子は地下駐車場が好きだったし実際のところ、駐輪場よりもどちらかといえば地下駐車場に縁の深い人生だった。車と車の間に身を潜めて追っ手をやり過ごしたり、トランクに忍び込んだり、漫画の活劇のようなことをして生きていたのだ。

古い地下駐車場は電動で、無理矢理に車を持ち上げて、大掛かりな装置で時間をかけて上下の車両を入れ替える。ああいった「仕組み」が駐輪場にも働いているのかもしれない、なにしろ車が不合理な、力業のやり方をしているのだから。

よくないことだろうが、イヤホンを左耳だけねじこんで音楽をかけ、夜の車道へと漕ぎ出る。二車線の左側を走る車はほとんどなく、脇を通り過ぎるのはタクシーばかり。夜風を受けてフキ子は軽快に自転車を漕いだ。

フキ子は夜が好きだった。

そして今、夜に漕ぐ自転車も好きになった。

「まままま、待ってくれ僕はー」小声で好きな曲を口ずさみながら、人けのない都心の夜を進む。しばらく高速道路の下を進む。

「ダダダダ、ダダイストなんかじゃないー」体を傾けて左折すれば家の方角だ。住居は駐輪場から遠くなかったが、気分がいいのでそのまま家を通り過ぎて漕ぎ続けてみた。思考はとりとめなく、まっすぐ漕ぐうち、週刊誌で読んだ山口組系暴力団のことから、先刻のバックヤードでの先輩達のやり取りにまでさかのぼって反芻しはじめた。


最後にバックヤードで会った女の先輩には軽く謝りたかった。自分が芸能人の名を出したせいで、彼女が説明したかった会話は別の方向に流れてしまった。

あらたまって詫びたらむしろ奇異に思われるだろうから言わなかったが、フキ子は、先輩の考えを聞いてみたいとも思っていたのだ。深くかかわり合ったわけではないのに自分と同種の人間のような気がして、すでに親しみを感じ始めてもいた。

自分が足を滑らせないという自信がないと彼女はいっていた。話題のスカイツリーのような高所は平気だとも。

つまり、高度は無関係ということだな。飛行機の窓から下界を見下ろすのもたぶん平気。名を覚えていない先輩の気持ちを当て推量する。頑丈な壁や強化ガラスに被(おお)われていればよくて、むき出しだと怖い。だとしたら自転車も怖いのかも。階段を被うのはトタンでもいいと言っていたな。

それはつまり「トタンが自分を守ってくれるから」ではないな。トタンがしてあれば、なにかあったときに自分ではなくトタンのせいになる。たとえば事故を報道する際の言葉も「トタンを留める釘が古びていた」とかになる。「なぜか」落ちた、ではなくなる。

理由がつけば安堵できる。

「なぜか」という分からなさ「だけ」が「怖い」のだ。

なるほどね。フキ子はひとりごちた。背後からやかましいエンジン音が響いてきて我に返る。自転車を漕いでいたのに思弁に囚われていた。都心でも地方都市でも、夜遅くなると時折必ず静寂をやぶる、共通の音だ。虻のようにエンジンをムダにふかしたバイクが一台、フキ子のすぐそばを追い抜いていった。

先の十字路の脇の歩行者信号が点滅しているのがみえ、赤信号になる前にいけそうだったが、バイクをやり過ごすために停車し、片耳のイヤホンもはずした。道の前方ではまだバイクのエンジン音が夜の街に反響している。

少し先でパトランプが輝いている。事故の気配だ。先のバイクが転倒したのだとしたら「安直な展開すぎる」よねえと思いながら近づいていくと、ガードレールにぶつかったらしい軽自動車と、パトカーが一台。

蕗山フキ子は地下駐車場も好きだが事故現場も好きだった。そのことはあまり人にいわない。誰かの不幸が好きなのではない。だが、では事故現場のなにが好きか、説明するのは難しい。

好きだがまじまじと眺めるわけにいかない。歩いて移動していないことをこの瞬間だけ残念に思う。次の角まで漕いだらコンビニに寄って、がらんとした事故物件の部屋に帰ろう。


その少し後、布田利光も同じ事故現場にタクシーで差し掛かった。

「なんだなんだ」少し前に運転手がぼやき、速度を落として通り過ぎた。一瞬みただけなのに大事ではなさそうだと、利光も運転手も勝手に合点した。ガードレールの向こう側で警官に聴取を受けていたおじさんが運転手だろう。同乗者はいなかったろう。車体の左側は破損している気配だったが。

「この時間だからよかったけど、昼なら大渋滞だよ」運転手が自分の都合の懸念を口にした。

「そうですよね」利光は、タクシーの運転手には無条件に愛想良くすると決めている。同時に、不思議にも感じている。稀にだが乗客に対し卑屈な気持ちを抱く運転手がいることに。

鰻屋の前で降りると告げただけで「いいなあ」とボヤかれ、慌てたことがある。「こんなとこで食べるの僕、初めてですよ」などと要らぬ付けたしをして降りたのだった。

タクシーで移動することはたしかに一定の経済的余裕を示す行為かもしれない。だがそもそも、経済的余裕がある人がタクシーの乗客になるのに決まっている。それはいわばタクシーの「仕組み」だ。一方の、運転手の経済的余裕の様態は利光には分からない（「景気が悪い」と漏らす運転手にしか会ったことはないが）。とにかく「仕組み」なんだから、そのことには折り合いをつけてから運転手になってほしい。

とはいえ運転手を選べないのもまたタクシーに固有の「仕組み」だ。真夜中の都心でタクシーが路肩に列をなしている際には、自分の降りる方角に近い地域名が車体に書かれたタクシーをなるべく選ぶようになった。まるで異なる方角だと、乗せて降ろしたあと、その運転手の帰路が長くなるし、帰りの客も拾いにくい。行く先を告げてから不機嫌な気配を察知したことは――深夜は特に――一度や二度ではない。

　ここ一年、タクシーで帰ることが増えたが、飲み会自体は減っている。四十代が近付くと誰もがいう、徹夜できなくなったと。体力が落ち、始発まで飲むと特に二日酔いでなくても、だるくて眠くて翌日がつぶれてしまう。

　四十を過ぎた利光だが、まだそこまでの実感はない。タクシーが増えているのは単に翌日の仕事が早くなったからだ。A大学の講師料だけでは到底食べていかれない。フリーライターはよほどの得意ジャンルがない限り、中年になるほど潰しが利かなくなっていく。引き受けられるうちにとライターの仕事を増やしたら遠方の取材が増えた。明日は自分もレンタカーを運転しての取材だから、酒も控え気味にした。

　人生の景色は毎日代わり映えしないようで、飲む相手や話題は移っていく。震災がきっかけでもあるのだろう、同世代が次々と結婚、出産し、呑みの場にこなくなった。かつて飲み明かした教え子達も卒業して就職すると自然、縁が遠のいた。教鞭をとる場が変わるたび——何人かごく親しい者と連絡を取り合う以外——関係はリセットされる。A大学のゼミの若者とも親しくなり飲むようにもなったが、それだっていつまで続くか分からない。

「青梅街道からでいいですか」

「あ、はい」窓から首を正面に戻すと、助手席のサンバイザーに取り付けてある電光掲示のニュースが目に留まった。

［さん死去、享年六十・・・共同通信ニュース］

誰だよ。文字が流れていく途中で、誰の訃報かを見逃した。二度繰り返すのを待ってみたが、次のニュースに移ってしまった。

何さんが死んだんだろう。検索しようとしてスマートフォンを取り出すと、小野遊里奈からと、見知らぬアドレスからのメールが着信されていた。

［昨日の授業ものすごく面白かったです！　今度の上映会で配るテキストをみてもらいたいのですが来週の授業後にお時間とっていただけないでしょうか］

誰だよ。死者の次は生者に続けて同じ言葉を思う。授業が面白かったというのだから、学生の誰かだ。Ａ大学での講義も二年目で、全学生を把握しきれなくなっている。

十数年いくつかの学校でさまざまな学生と付き合っているともう、メール本文の口調や、差出人の名前を本文に書いていないことのミスを咎めても仕方ないことを利光は体験的に知っている。「叱る」ことをしても「怒られた」と思われるだけ。

はなはだいい加減な自分が、本当の教育者のような嘆きとか諦めを感じるようになったことに、妙な感慨もある。

スマートフォンが広まったら電子メールの「表題」も「ヘッダ」とか「フッタ」も無意味になった。フキダシみたいな風船みたいな形に文字が納まって、ピョッピョッと交わすようになると、どんなやりとりも倦怠期の夫婦が「あれとって」と言い合うみたいにみえる。「差出人」はアドレス帳と紐づいているから、名乗る必要がない（と学生たち、若者は考えるらしい、登録していないアドレスは、誰だか分からない人のままなのに）。

フーアーユー？　入力しようとしているところに今度は安堂素成夫からのメールが着信した。

［布田ゼミのエレーナさんから上映会について相談メールいくかもです。そういえば、シルビア・クリステル亡くなりましたね、まだ六十才だったんですね］

一度に二つ、分かってしまった。

「シルビア・クリステル、誰だっけ」エレーナの方はすぐに分かった。エレーナ・石田さん。口角がいつもあがっている子だ。シルビアは、若者の素成夫が知っているんだから、有名な人のはずだ。

「なんですか」

「いや、今、訃報が」

「訃報？」

「シルビア・クリステルって誰だったかな、歌手だっけ」質問されたが、一人ごつように漏らした。だから

「『エマニエル夫人』ですよ」なにげない問いに運転手が即答したので、なんだか驚いた。

「死んだんですか」運転手はしみじみと漏らした。電光掲示のニュースは助手席のサンバイザーに取り付けてあるから、彼も読めなかったのだ。

「あ、レシートください、ありがとうございます」支払いをすませ、夜更けの路上に立ってもなお混乱していた。知らないはずのことを知っている若者と、知らないだろうとみくびっていたことを知っていた年配者とに挟まれたのが、常にない体験だったから。

混乱は、もう一つあった。コンビニに入ろうとして歩きかけ、そのままスマートフォンの画面に返信を打ち始めた。

好みの女から連絡があると、それだけでいつでも目が少し覚める。小野遊里奈とも関係を持っているのに。誰に咎められたわけでもないが、自分で思う。別に、必ずしも口説くわけでもないのだから。自分で言い訳をした。エレーナは利光のゼミでも目

を引く存在だった。

安堂素成夫はネットカフェの個室で、YouTube の動画を流しながら授業のレポートを書いていた。昨年から用いているＤＪ用ヘッドホンをネットカフェのタワー型のＰＣに接続し、映像はみずに音だけを聞いていた。普段からよく利用する近所のネットカフェの居心地は、まあまあだ。不潔そうな「宿泊」客はあまりみかけない。

課題の〆切の夜、素成夫はいつもネットカフェにこもる。そして動画サイトにある「運動会で使われるクラシックメドレー」か「ボスラッシュ」を再生する。どちらもテンションをあげる必要があったり、地味な作業を黙々とこなさなければならないときに流すと手先がはかどる、そう評判のＢＧＭ集だ。ボスラッシュは『ファイナルファンタジー』などの有名なゲームの「ボス」と戦うときに流れる、いかにも壮大で勇猛果敢でアドレナリンの出そうな曲「だけ」を編集でつないである。それぞれがどんなゲームか、素成夫はそのほとんどを知らない。ボスの曲だけ口ずさむことができるようになっていた。

ネットニュースで映画女優の訃報をみかけて布田先生にメールしてみたが返信はない。

昨年以来、映画というものを手当たり次第に追いかけていて『エマニエル夫人』もこないだ観た。素成夫は布田先生を自分の映画の師匠と決め、私淑している。「映画はとにかく二時間座っていれば摂取できて、知った風なことがいえる」昨年のゼミでの先生の言葉だ。文学と比べても歴史が浅いし、同じ「作品」でも個々のそれはさして長大ではない。カタカナの監督の名とかを列挙するだけで、文化を語っているっぽくなる。「黒澤」とか「小津」のように、苗字だけに省略して「言い合う」だけで通らしく、分かった風になるだろ、と。

そういう風に語るような奴になるなよという戒めがあっての言葉だということはもちろん伝わっていたが、昔の映画をみまくるのは純粋に楽しいことでもあった。

『エマニエル夫人』俺、みたことないんだ」先生からの返信が届いた。そうなんだ、と思う。また「若者らしい」ことをしてしまった。インターネットで、昔の情報も今のものもフラットに総当たりできるのが当たり前だから、なんでもフラットに「知って」しまえるが、ときにチグハグなやり取りにもなる。シルビア・クリステルは数年前にSMAPのテレビ番組にゲスト出演していたことが記憶に残っていて、きっと上の世代の誰もが記憶する名女優なんだろうと思っていた。

前に、ブルーハーツと爆風スランプという二つのバンドが同じような音楽に思えるない。
といって年長者に怒られたことがある。一緒にするな、と。だが、素成夫には分から
同じようにみえるという心からの「実感」と、その時代のそれに接しているものだ
けが分かる「実感」と、あるのらしい。
そのズレで若さを露呈させたとき、年長者は怒ったり、嘆いたり、しみじみしたり
する。素成夫は落ち込まないし、申し訳ないとも——そんなには——思わない。怒り
や嘆きを助長させたくないから殊更に言わないが、うっすらと、そのズレを「面白
い」と思ってさえいる。合皮のリクライニングチェアから立ち上がり、ついでにのび
をして、個室を出る。ベニヤで仕切っただけの貧相な「室」を抜け出て、よどんだ空
気の中を歩いた。壁に新刊漫画が並んでいる一帯を通りかかり、あ、あれ最新刊出た
んだとあわや手に取りそうになり、思い出す。
いやいやいやいや、レポート〆切だったよ。
とうに気が散っている。だからネットのニュースをみたり、先生にどうでもいいメ
ールを送ったりしているのだ。
[どうだった、エロかった?] 布田先生からの「フキダシ」がスマートフォンの画面
に追加された。先生のことを「先生」だと素成夫は思った。備え付けの紙コップを二

重にしてポットのコーヒーをいれる。二重にするのは素成夫独自の知恵だ。なぜかこの紙コップは時々漏るから。

先生とは「先」に「生」きた人と書く。先に生きた人たちに、シルビア・クリステルという女優がどんな風に思われていたかは後に生きる素成夫には絶対に分からない。それなのに彼女の映像だけは残っているから、先に生きなかった者も簡単に検索をかけたりして興味を持ち、みることが出来てしまう。そして必ず実感できることもある。「亡くなって残念」なんて言葉は書かないし書けない。「実感した」ことだけを素成夫は書いて送信する。

「とても綺麗な人でしたよ」書かなければいけないレポートを前に、そんなことをして「ウダウダ」する、それもまた先に生きた人と共感しあえる普遍的な事柄かもしれないと思いながら。

首藤春菜はいつものクリーム色の制服に身をつつみ、七号館のエレベーターを八階で降りて(今日は左回り)と決めて歩いた。それから診療室の受付に座った。素成夫の葬儀から二十日ほどが過ぎた。午前中、何人か不調を訴える若者から保険証を預かってコピーを取り、保険証がないという者には料金を告げて取りにいかせ、書類に記入してもらい、診療室と往復して患者を呼んだ。

人が途切れたのでまた受付に落ち着き、十月のままだった卓上カレンダーをめくり、十一月にした。

初七日の法要をすませたら復帰したいくらいだったが、葬儀以外の用向きが多く、かなわなかった。すぐにみつかったものの夫の死は「遭難」でもあったから、警察の聴取も調査もあったし、現地に出向いての検証には保険会社の人間も同行し、そのやり取りにも時間を奪われた。半日とはいえ「捜索」した地元の猟友会の代表に挨拶したり、気を遣う場面も多かった。本当にこういうとき「猟友会の人」が捜索するんだ、本当に「いる」んだなあ、とぼんやり思いながら頭を下げた。

葬儀においては喪主だったから、挨拶もした。春菜は「実感」したことを思うままにしゃべった。

「このたびは、急なことで本当に、驚きました。だけど、一番驚いているのは、彼だと思います」そういって遺影を長くみやった。それから「本日は、ありがとうございました」と頭を下げて終わらせた。その短さに誰も違和感を表明せず、いっせいに頭を下げ返した。

「(彼が一番) 驚いていると思う」という言葉の先は、悲しみのあまり言葉にならなかったんだろう、と、皆思っただろう。

だがそうではなかった。悲しかったけど「言葉にならなかった」のではなくて、あのとき、言葉は他になかったのだ。

「彼が一番驚いていると思う」ということ「しか」思わなかった。そのときは。たとえば「もっと生きたかったろう」とか「やりたいことがあっただろう」というような「言葉」は、それは今になって「思う」ことだ。自分が今になって言葉を思うということでもあるし、夫も死んですぐにではない、きっと今ぐらいにそれを思っている。

葬儀のころ彼がもし幽霊になっていたら、やはりまだ驚いているだけだったろう。だって、馬鹿みたいな死に方だもの。

アウトドアの雑誌に載っている「グッズ」に「だけ」憧れている無邪気な夫に対し、運動不足解消のためにキャンプを「本当にやってみたら」とたきつけたのは春菜だった。少し前、詳しい友人と出向いたキャンプで自信をつけ、だったら二度目はいよいよ一人で野営するべきだ、と。

当たり前に後悔が春菜を襲っていた。泣きそうになると、スマートフォンに目を落とし、なんでもいいからニュースの記事を目で追う。ゴシップが特に気がまぎれる。

しばらくそういった記事に接していなかったが、高嶋政伸の離婚問題はどうなったかしら。

「首藤さん」小波美里が手をふっている。

「あ、こないだは……」立ち上がって礼をいいかけると美里の眉間の皺がよして、という感じに動いた。

「来てくれてありがとう」それでも続きをいった。

「大変だったね」美里は食欲あるか分からないけど、と前置きしてから差し入れの菓子を手渡した。

「食べる、食べる」紙袋を覗き込んで嬉しい顔を作ってみせた。

「今度さ、また根津さんと三人で飲もう」なにげない、いつも交わすような口調を美里が選んでいるのが分かる。

「あ、」立ち去ろうとする美里を春菜は呼び止めた。

「ありがとう」菓子の礼を改めていう。葬儀ではなく「今」きてくれたことの礼である。そんなのいいから、という首の振り方を美里はしてみせた。

美里が去っていくとすぐに、彼女が去ったのと逆方向から顔色の悪い学生が現れた。見慣れない顔の、全身ヴィヴィアン・ウエストウッドずくめの女だ。

「初診ですか」記入してもらうための用紙を用意する。氏名の欄に「エレーナ」と書いて、女はボールペンを動かすのをやめた。

「いや、病気じゃないんですけど」あ、と思った。職業的な勘を、このときだけ取り戻した。次に彼女がいう言葉が春菜には分かった。

「だるいんですけど、少し横になっていいですか」久しぶりに「寝にきた」若者だよ。毎年前期には多いのが、さすがにこのころには周知されてくると思っていたのだが、鈍い者は一定数いるのだ。

ここがいわゆる「保健室」ではないことを叱る口調で説明し、帰ってもらうと館内にチャイムが響いた。

「私が眠りたいよ」春菜はボヤいてみた。

実際、睡眠薬を処方してもらおうかと考えてさえいた。だがためらいもある。

「医者の不養生」ということわざがあるが、病院の看護師は自分が不調になった際、どのように診てもらうんだろう。受付している診療室の医者に診てもらってよいのだろうか。順番を優遇してもらえたりするんだろうか。

診てもらって悪くないだろうけど、なんだかそれは不謹慎なことという気もする。

いいや。今日もし眠れなかったら、ずっと開けてないワインを飲もう。春菜はまた泣きそうになって、スマートフォンに目を落とした。

2013年6月

「この、飛び！」向こうから声がする。向こうの部屋の、つけっぱなしのテレビからの声だ。言葉だけ聞いても状況は分からないが、声音は野太く力強い。

むやみに勇気付けられる気持ちを得て、力みつつ根津神子は上半身を持ち上げ、そして戻す。持ち上げるたび、ベッドに乗せた足先がだんだんみえなくなる。つまり、だんだんと体が持ち上がらなくなってきた。腹筋運動の、二十回一セットの、三セット目。

「十一……十二……十三！」まで数えて力尽き、神子は天井に視線をやる。上半身は熱を持ち、背中はヨガマットに張り付いているようだ。天井に意匠として切られている升目に視線を這わせる。六畳ほどの板張りの寝室の天井の、数えていないが、升目は妙に多い。もう何度も契約更新している家なのに、見慣れていない（天井をみることは普段あまりないから、見慣れないのも当然かもしれないが）。

「……十三・五！」早口で、意味のない小数点以下の数字を叫んで後、自分が出したのではないみたいな吐息がもれて、神子はまた天井をみあげた。側頭部にくっつけた手を真横に投げ出そうとして――真横らへんに眼鏡を置いていたのを思い出して――止めて、再び側頭部につける。

二十回をなんとか終え、眼鏡脇の時計の秒表記を覚える。

1セットごと一分間のインターバル。

腹筋のポーズは昔と今とで変わった。かつては両膝をへの字に折りまげ、組んだ両掌を後頭部にあてて持ち上げるやり方だった。そのやり方では首を痛めると『細マッチョ肉体改造法』に書いてある。神子はマスクを思った。

昔、冬でもないのにマスクをして出歩くのは「怪しい人」とみなされたものだが、外を出歩くと立体的なマスクをする人の姿をよくみるようになった、それに似た、時代の地味な更新が腹の動かし方にまで。

マスクはともかくとして、運動のことで生じた変化を自分が知るなんて、意外だ。うさぎ跳びやタイヤを引っ張るような根性トレーニングが時代遅れになったことくらいは、なんとなく知っている。春菜に教えてあげなくては。腹筋の手の位置は、今は後頭部ではないってよ。いつか大学の食堂で痩せる話をしたことを思い出す。春菜はダイエットについて一家言ある風だった。

首を痛める方法でやっていた時代から、腹筋や腕立ての際に神子は数字を声に出して数える。天井ではなく横に目をやれば、傍らの『細マッチョ肉体改造法』の、開いておいたページが閉じてしまっている。今日の昼にハンバーガーショップの窓際の席にあったものだ。つけっぱなしのテレビはにぎやかな気配で、軽音楽に乗せて先の野太い声音も続いていた。

「十四？　いや、十五！」まるで立っていた状態から倒れたみたいな気持ちでマットに体を投げ出す（実際は十センチ程度しか浮いていない）。

三セット目を終え、荒い息でまた時計の秒をみる。あと一分、休んでよい。仰向きのままで視線をあげると天井ではなく壁がさかさにみえる。壁には礼服のワンピースがハンガーにかかっている。着てみたら、一応着ることはできた。だが歩いたり動いたりし続けたらどうだろう。

昨年の通夜の帰り、喪服のボタンが飛んだ。

そのことは神子にとって小さな出来事ではなかった。たとえばある日、道で知らない男に「どけよ」と怒鳴られたり、店員がものすごく不機嫌にコップを置いたり、そんなつまらないことを十年以上も忘れずにいたりする。皆はどうか知らないが、自分はそうだ。

ボタンが飛んだことは自分しか知らない。自分だけの傷心で、だがもちろん、忘れるわけがない。

清掃会社の同僚は年長者が多く、皆、若い、締まった体だと神子を褒める。いいなあ、とか腕さわらせてとか簡単にいう。なにをいってるんだ。たいして変わらない中年だよ、中年、脱いだらあちこち肉が大変なのは皆と同じ。太ってみられたくないという、つまらない見栄があるのも皆と同じ。つまらなさと真剣さは両立する。超然とした人とみられるのが面倒なときもある。そして、天涯孤独の身に冠婚葬祭はあと何回訪れるだろう。

ぜえぜえとした息でヨガマットに張り付きながら、今腹筋をやめるのだけでなく、以後の人交わりもすべてやめてみたいという極端に怠惰な気持ちが湧き上がる。

ひゅん、パシーンという金属音、打撃音が続いたことで神子には不意に察しがついた。テレビから聞こえるあれはきっと、ゴルフクラブの宣伝だ。声に聞き覚えがある。洋画の吹き替えでよく耳にする。きっと有名な、ベテランの声優さん。

「この……伸び！」テレビから聞こえる声を無闇に真似しながら腹筋を再開する。今の一回が十四回目だったか十五回目だったか、腹部の痛みに気持ちが支配され、分からなくなりながら。

布田利光も同じ声を聞いていた。

あ、内海賢二(うつみけんじ)の声だ。気付いて、段ボール箱から顔をあげた。

ネットのニュースでもその名をみた。昨日か今日か、内海賢二は亡くなったのだ。しばしテレビ画面を見入る。テレビの中では今まだ彼が喋っている。生前に録りだめしてあったということか。それとも、亡くなったというのは別の誰かとの勘違いだったか。

壁際の、四十二インチの液晶テレビ画面の、半分はみえない。積まれた段ボール箱が部屋の真ん中をふさいでいるからだ。画面の中に内海賢二はおらず（声優なのだから当然だ）、代わりに（ということではないだろうが）日焼けした、髭のプロゴルファーがティーショットを打っている。癖っ毛でずんぐりした風貌。このずんぐりした風貌の男が内海賢二なのかもしれないが、ゴルファー自身が喋りだして、その声で違うとすぐ知れた。

夜中までかけてもまるで終わらない荷造り作業に利光は倦んでいたので、そんな番組でも眺め続ける。眼鏡の縁が息で曇るので、使い捨ての紙マスクを顎にずらした。ひゅん、シャコーン！　金属音、打撃音に続いて「おぉ！」晴天のゴルフ場で自ら放った打球が飛んでいくのを、ゴルファーは感嘆の声で見送っている。「この、飛び！」「この伸び！」と畳み掛ける野太いナレーションの通りだ。

ゴルフクラブを振り抜くときの音には液体が混ざっていると利光は思う。重たそうなクラブの先端に、水が入っているのか。そんなわけない。だが、そんなわけないと言いきれるほどには、ゴルフクラブのことを利光は知らない。

人を殴るとドスッとかボカッと音がするのは、嘘だ。映画やドラマで「鳴っている」音は、後からつけている。

人間が人間の、たとえば腹を思い切り殴ったとしても、ほとんど無音なのだそうだ。あるとき大勢で映画をみていたら、格闘技をしている学生が指摘した。

「まあ、そりゃそうだわな」なんてことを反射的に利光はいったし、周囲の学生もあからさまに驚いた顔はみせなかったが、大抵の人間は人を殴ったことや殴られたことがないはずだ。では、ほとんどしないという、本当のかすかな音はどんなものなのか。そして、ゴルフクラブを振り抜く時のこの「音」は、テレビの誇張ではないのだろうか。

分からなくなる。なにしろゴルフクラブは、いかにもヒュン、シャコーンという音がしそうだ。中に水を含んでいるという想像さえ本当かもしれない。ランニングシューズにしても、今時のナイキだってアディダスだって、その靴底——ソールというのだったか——は、なんだかすごいことになってるじゃないか。利光は段ボール箱に少し本を足した。この本とこの本は同じ箱でよいのか、分類を変えるべきではないか。

そういうことを悩んでいくと、手が止まってしまう。考えなしに機械的にせっせと入れていかないと、梱包しきれるわけがない。だが、そうしたらそうしたで開梱時にぐったりすることになる。今と同じ未整理の部屋を引っ越し先に再現するだけだ。

片手で真横の畳をまさぐるが、なんの感触も得られない。たしか、ここら辺に布テープを置いたはずなのに。いらだちながら目を向けるが、六畳の床はまだまだ積み上った書籍とゴミ袋と衣服とが占めている。

テレビ画面にはクラブの先端がアップで映され、説明の言葉は続く。黒くつやめいた、一部分は金属の、巨大な「瘤」だ。

でかいなあ。利光はゴルフをしないから、他のなにと比較することもできないのだが、あんなので殴られたら一発でオダブツだということだけはすぐに見当がつく。画面の中で巨大な瘤だけがアップで、軸を中心にゆっくりと回転し、宝石に対してそうするみたいに光が当てられている。利光はその（全体ではなく、やはり特に先端についてであるらしい）利点を並べ立てる、内海賢二の声に聞き惚れてしまう。

いい声。スマートフォンでSNSをチェックすると知人のうち三名ほどが追悼の言葉を発信している。『北斗の拳』のラオウ、映画『ロッキー』の敵役アポロ、よく知らないアニメの題名をあげる者も。いずれも利光と近い世代の仲間だ。利光の教え子たちで追悼する者は見当たらない。声優は今の時代、若者にはアイドルみたいな人気を得ているが、彼のようなベテランは知られていないのかもしれない。

追悼でこの番組をあげている人もいない。荷造りに飽きていたせいもあるが、買うつもりもない通信販売の番組――「ディノスショッピングジャーナル　DJモノフェスタ」――をみつづけた。

さっきまで一人でボールを打って一人で感激していた髭のゴルファーはいつの間にか、素人らしきゴルファー数人と南の島にいた。素人達は全員、飛距離に自信が持てず、そのことにコンプレックスを持った連中のようだ。そう見て取ったのではなく、そのように紹介されたのだ。

「170ヤードがせいいっぱいで」と照れくささそうな中年男性に、髭の男は「にんまり」と形容したい笑顔でクラブを手渡した。おずおずとティーショットの構えをとる男性。

「これまで、170ヤードがせいいっぱいという中村さん、一体、どんなショットをみせるのかー？」そこにかぶさる内海賢二の声はただ野太いばかりでない、まったくもって軽妙なナレーションだ。また、液体を感じさせる風切り音が響く。

「オホー！」手を額にかざすのは髭のプロ。これはこれで良い声！　カメラは白球をズームした。

「うわぁ！」そこに打った本人の声も重なる。ボールはすごく、遠くに飛んだらしい。ボールを観続けているのに、利光にだけ分からない。思ったよりボールが飛ぶと人は喜ぶのではなく驚くのか。いい天気の、芝生に白球が転々と転がっていく。

映されるのはすべてナイスショットだ。うまく当たらずにチョロッと転がるとか、あー全然、飛びませんねぇ、これは失敗失敗、そんな結果を映すわけがない。通信販売なのだから、結果は分かっているのに、驚いた。

二人目に紹介されたアマチュアは初老の男性。

「最近、ショートホールでも刻まなければいけなくなりました」とやはり照れくさそう。それも、恥ずべきことなのらしい。なんだか頻尿だとか、性的能力の衰えを告白している場面を想起させた。

「大丈夫、大丈夫！」励ましながらクラブを渡す髭のプロ。なんだか楽しい番組を自分はみているような錯覚を感じ、利光は立ち上がった。廊下にたてかけた、組み立て前の段ボールの束をよけて冷蔵庫までたどり着き、缶ビールをとって身軽に戻ってきた。

ヒュン、カシーン！

る。

「ようし、きたー、ハハハハ！」だんだん、この髭のプロにも愛着を感じるようにな
「え、うわ、ええっ！」初老の男性の驚きの声が続く。またしても、ボールはぐんぐんと伸び、刈り込まれたフェアウェイを転々と転がっていった。

いいなあ。利光は思った。

利光はゴルフをしないし、したいと思わない。だが画面の中の彼らのように、自分で自分の打った球に心から驚くことができることを羨ましく思った。不思議だ。あの長いドライバーでボールを思い切りぶったたいて「うわ！」と驚いてみたい。

自分でしたことに驚きを、それも「目覚ましさ」を覚えるだなんて、きっとすごい快感だろう。プルタブを起こしてビールに口をつけようとして、利光は顎のマスクを思い出す。しなければならぬ荷造りのことも。

同時に、ずっと見失っていた布テープを積まれた本とDVDの狭間に発見してしまい、咎められたように感じ、利光は渋々テレビを消した。同じタイミングでスマートフォンがショートメールを受信する音が軽快に響く。読む前から、素成夫からだと分かる。明日のバイトの時間確認だろう。素成夫は実に実直な学生だな。

開けてしまったビールを飲み終えると、利光は顎のマスクを持ち上げる。もう眠い

のだが、明日素成夫がくる前にもう何箱かは作っておきたい。家賃の更新を契機に、久しぶりの引越しだ。収入減を見越して弱気になっているのでもあるが、新居と新生活に対する無邪気な期待もある。やっと数個、梱包した段ボール箱をよけると棚と床の隙間になにか紙が挟まっているのに気付いた。

「…………」A大学の教員証と、いつかなくした書類一式。意欲が再び衰え、利光は肩を落とす。

早く眠くなれ。

首藤春菜は念じていた。自分に対して念じることとして、おかしいとも思った。催眠術師のいう台詞としても変だ。催眠術師は眠くなれとは促しても「早く」とはいわない。

無能な術師の懸命な姿を思い浮かべる。両手を前に出し、汗だくで波動（かなにか）を送る姿を。

「僕はね、眠るのだけが嫌い」今の自分と対照的な言葉を放った、かつての恋人のことも思い出す。仕事好きで、出張も残業も旺盛にこなし、休日はゴルフ、徹夜の麻雀、飲み会と常に飛び回っていた。仕事も遊びも予定はびっしりで、いったいいつ寝てるの。尋ねた際の返事がそれだった。

「だって、寝ている間は生きてないじゃない」ときたもんだ。そういえば彼はセックスも長かった。

夫は寝るのが好きな人だった。ともに寝ると相乗効果で眠りガスのようなものが発生するのか、二人ともよく寝た。

前にも「早く眠くなれ」と念じたことがある。食事制限のダイエットをした、その最初の二、三日のことだ。空腹に打ち克つためには意識をなくせばいいと思ったのだ。

今、ダイエットをしているわけではない。眠れば、意識をなくせば、これ以上酒量を増やさずに済む。

眠気を得たくて酒を呑んでいるのでもあるから、これも矛盾だ。春菜は立ち上がり、台所からマッカランの瓶をとってきた。途中、壁の姿見に映った自分に対し目配せをする。

太りつつある自覚はあるが、いいやと鏡を通り過ぎる。一周忌のときはまた喪服を着なければならないが、それまでフォーマルな場に出ることもない。

通常、喪服の出番は不意で、婚礼服はあらかじめ出番が定まる。だから婚礼服の着用に向けてできるダイエットが、喪服では通じない。

しかし、一周忌は別だ。不意ではない。日時は確実に定まっている。だから、間に合う。

その「気付き」は、普段の自分にならら画期的なものだったろう。惜しいのは今「すごく悲しい」ということだ。夫の死後、自堕落になってしまって、自分で自分の着想がまるで響かない。惜しい、という考えには笑いそうになるし、自分もまだ荒みきっていないとわずかに安堵もする。

六月になってもまだ取り除けていないホットカーペット上に置きっぱなしのグラスを持ち上げる。このグラスも二日ほど洗ってないまま使い続けている。夫の買った大ソファに座り、ウィスキーウィスキーの栓を開ける。

良い音。ウィスキーがボトルのすぼまった口からでる音は独特に豊潤なもので、自分なんかが出したのではないみたい。散らかりきった六畳間にもそぐわない音だ。

酒の旨い・まずいが分かるようになった。なってしまった、と悔いのように思う。夫の死で「傷ついた」のはごくまっとうなことだし、存分に傷ついていいのだが、春菜は平気にふるまった。

その反動で眠れなくなったのだろうか。違うんじゃないか。単に酒のうまさに目覚めただけなんじゃないか。素質があるんじゃないか。マッカランの十二年ものという「言葉」を聞くだけで表情が緩む。大吟醸とか、獺祭とか、「聞く」だけでだ。自分で自分を下品だと感じる、そのことでも悲しくなる。床にグラスを置き、ソファに寝そべる。輸入ものだけあり、女性が腰掛けるには深い。シングルサイズとまではいわないが、十分ベッドになるだけの幅がある。

メールを着信した。

【腹筋きつい】送信者に「ネズミ」とある。久しぶりの連絡。春から派遣先が変わったそうで、ネズミ、ネズミはA大学の清掃にこなくなった。そうだ、ネズミって名前で登録してた。ネズミ、ダイエットしてんのか。画面をスライドさせる指さえ重たい。なんとか四桁のパスワードを入れる。四国四県（4594）。高松出身の夫が、香川どころか四国の県数さえ知らなかった春菜に憤慨してまず覚えろ、と二人で用いる銀行のキャッシュカードの番号にしてしまった。さすがに、覚えた。

【ビリーズブートキャンプ貸そうか】とっさに返信したが、ネズミは貸してくれとはいわないだろう。春菜のダイエットの座右の銘は「運動では痩せない」だ。どれだけ運動しても、食べていたら痩せなかった。まったく運動しなくても、食べなければ痩せた。それが春菜が得てきた実感だ。

［もってんの］

［前にゴミ捨て場で拾った］かつて、BS放送でよく通信販売していたっけ。

今その通販番組を放送しているわけがないが、なんとなくリモコンを拾い、テレビをつけた。いきなり耳に飛び込んできた力んだナレーションに春菜も心を留めた。

内海賢二だ。

彼は前にもこのチャンネルの通販番組でナレーションをしていた。そのとき販売していたのはマッサージチェアで、そのときも春菜は聞き惚れてしまった。

聞き惚れたというと大げさかもしれない。だが春菜は番組を最後までみた。だからといって、次の放送を心待ちにするようになったわけでもない。だいたい、真夜中のディノスショッピングなんとかが何曜日の何時にやっているのかも定かではない。だからこそ今、みることができて少しだけ、ラッキーと思う。手を下に伸ばし、春菜はマッカランを舐める。

春菜は知るわけがないが「この、飛び！」と内海賢二が「いう」のは、この日の放送で三度目のことだった。「一つの」番組の中で、同じ紹介映像が何度か使われるためだ。たかが通信販売の声には不要なほど、無駄にうまい。すごみのある声は、商品であるゴルフクラブのパワフルさを保証するようだったし、それ一辺倒でもない。電話番号が大写しになる瞬間の「お得な分割払いもございます、送料は、無料です！」と告げる際の声音のなんと柔和なこと！　メリハリも見事につけている。こっちのコミカルな調子は、これはそう、アニメ『Dr.スランプ』のセンベエ博士の時の声だ。

春菜は思い出す。男の子向けも女の子向けもなく、アニメといえばすべてにかじりついていた少女時代を。棒みたいな足を折り曲げて体育座りで何時間でもテレビ画面に見入っていた。内海賢二はアニメ『プロゴルファー猿』の悪役、ミスターXの声もあてていた。覆面で恰幅のよい謎の男に、彼の太い声はよく似合っていた。ミスターXのお墨付きだと考えると、画面の中で鈍く輝くドライバーがまがまがしいものにも思えてくる。

春菜は声優の訃報を知らないまま、彼の声をひとしきり懐かしんだ。おかしみを感じると同時に強い酒もまわってきた。億劫だが、そろそろコンタクトを外そう。ソファで寝てはいけない。寝床にいって、瞼を閉じよう。

［借りようかな］［久々にあんたの顔みる］神子からの意外な返信には気付かなかった。

同時刻、名村宏はソファで目を覚まし、鳴る前の目覚ましを二つとめた。ベッドは離婚したとき美里にあげて、それから買いそびれたままだ。

春からローカルFMラジオ局の、朝の生放送番組のパーソナリティを務めるようになっていた。デジタルラジオの番組はパイロット版を録音しただけで頓挫して、喧嘩の末に転職した。

毎日、目覚ましより先に目覚めるようになった。それでも念を入れてセットし続けている。スマートフォンの目覚まし機能と、ベッドサイドの目覚まし時計と。二つでも足りないと先輩には脅されたものだ。

文字盤をみる度、ハリウッド映画のようだと一瞬だけ思う。

ハリウッドの娯楽映画では、刑事や検視官や精神科医、さまざまな職業の人が真夜中に電話で起こされる。劇中の時代によって、それは懐かしいベルの音だったり、カブトガニみたいな見た目の携帯電話だったり、彼らを起こすものはバラバラだが、傍らに置かれた時計は大抵、大きな数字表記のデジタル時計だ。

「こんな時間になにごと？」と劇場内の観客に一目で分からせるため、分かり易い表示のもので、それはさりげなくだが必ず目立つアングルに置かれる、「その時計」みたいな時計なのだ。

こんな時間になにごと？　ともちろん名村宏は考えないが、暗闇の中で時計が示す現在時刻の示し方には過剰さを抱く。青色LEDが広まりすぎて、なんだか寒々しい。

照明をつけずに湯を沸かし、パソコンを起動してメールと「名村宏公式ブログ」をチェックする。リスナーからのコメントが増えていた。

「ナンムーさんの今月のテーマの曲、私も探してみましたが難しいですね」今は「有名じゃない方の主題歌」というテーマで募集していて、割に好評だし宏自身もノッており、投稿に目を通すのが待ち遠しくなっている。朝の番組だからって爽やかで元気が出るような選曲にしなくていいんですよ。新しいスタッフはノリがよく、宏の声も弾ませるところがある。

仕事場に着いたら必ず朝刊に目を通すが、ネットのニュースサイトにも一応目を通してから出かけることにしている。

（声優の内海賢二死去）の見出しに目がとまったのは自分も声を用いた仕事をしているからだ。職業柄だろうか、声優が亡くなるということには、特に気持ちが立ち止まる。美里の顔も浮かんだ。サブカル好きの彼女はアニメにも一家言ある風だったから、なにか思い入れを抱いているかもしれない。

声優が死ぬということは、いろんな人が死ぬということだ。その人ではないいろんな人物の声が死ぬのである。

ネットのテキストは新聞社が配信したもので「Dr.スランプの則巻千兵衛、ドラゴンボールの神龍」など、生前の彼の代表作が列挙されている。まろやかだが威厳のある声を宏も思い出すことができたが、それだけではないだろう。まずアニメではない、洋画の吹き替えもたくさんしていたはずだ。今でもそうなのか分からないが、昔は日本語吹き替えの際は、俳優ごと、誰が声をあてるかが決まっていた。クリント・イーストウッドなら山田康雄。ブリジット・バルドーはのび太の声の人。俺でも知ってる。内海賢二は、吹き替え映画全般に必ず交ざっているような声だった。ああいう声の人は身近にはなかなかいないが、いないとドラマが回らない。

ネットの他のニュースをいくつかクリックしてから、やかんの火をとめに立ち上がる。

有名な声優が死ぬと話題になるのが「後任」だ。刑事コロンボやルパン三世は、声のイメージが強かったから、後任も「似た声の人」になった。彼の声の後に、誰かいただろうか。

宏は昔、ベテラン声優がラジオコマーシャルを録音する現場に立ち会ったことがある。とても入念なリハーサルだった。

「群馬、長野で中古車売るなら、カーマックス、カーマックスへ、ゴー！」

「群馬長野で中古車……群馬、長野で……」一息に、次はゆっくりと、素材を入念に試すみたいに口にのぼらせる。

「中古車売るならカーマックスへ、ゴーウ！　ですかね」さしあたって彼が今、中古車を売りたいわけがないのに、ベテラン声優の表情は軽妙で声音には意欲が満ちていた。

「お得なクレジット払いもございます」

「お得な、クレジット払いも、ございます！」

「お得な？　お得な！」どっちのニュアンスかとブースのスタッフの顔を窺っては細かく確認する姿に――そういう職業なのだから当然と言われればそれまでだが――宏はいたく感銘を受けた。ラジオCM標準の二十秒のバージョン、もっと短いジングルのようなもの、セール期間用など、念のために収録される録音のほとんどは使用されない。俳優が死んだら追悼で映画を放映するが、声優やナレーターの発した声の――「新発売！」だとか「水曜日はポイント五倍」などといった――多くは使い捨てだろう。

ネットで訃報が配信されるほどのスター声優なのだから、きちんと追悼されるだろうが。春からの宏の新番組「ナンムーのぐぐっとモーニングラジオ」は、三時間ワイド番組内の一コーナーに組み込まれていて、特にその日のニュースを掘り下げる内容ではない。

　人が死んで悲しいというのとも少し異なる、不安に似た気持ちを抱きながら室内を歩く。カーテン越しの夜明けの青い光を横目に、マグカップの紅茶を飲み干す。ティーバッグの紐の垂れ下がったままのそれをシンクに置き、下駄箱の上の車のキーを手にとる。キーホルダーのリングに指を通して回すのも、映画みたいだとまず思い、そうか？　と思い直す。ただのおっさんのやることだ。

　布田利光からのメールに【了解です】と返信した、そのスマートフォンでSNSを巡回しながら、安堂素成夫は小野遊里奈に大丈夫かと声をかけた。冬休み明けから付き合い始めたのだ。

　レンタルビデオ屋でなんとか話しかけ、映画をみにいく約束を取り付けて、何度かデートをして、告白は小雪の舞い降る日だった。

　遊里奈はヨガマットにうつぶせに寝そべっている。傍らのテレビでは通販の番組が映し出されていて、だが音は消されていたから二人とも目を向けなかった。

「腕立てに腹筋、どうしたんだよ」

「今日はもういい、挫折する」うつぶせの遊里奈は耳を貸さず、よくみればゲーム機をいじっている。

「『……ったく』」素成夫がつぶやくと遊里奈は薄く笑った。〝元ネタ〟が分かったのだろう。

「まったく」の「ま」を省くのは、ラブコメアニメやエロゲーの中の主人公の男が、萌えキャラの言動に呆れてつぶやく。その典型のつぶやきを、わざとしてみせたのだ。

「なにやってんの」

「『逆転裁判』」意表を突かれて、素成夫は遊里奈をまじまじとみつめる。みれば、足をばたつかせている彼女の手に握られているのはゲームボーイミクロだ。

「いつのゲームやってんだよ」

「『……ったく』」一つしかないものを奪われるみたいに、遊里奈に先にいわれた。

「今のは『ったく』じゃなくないか？」

遊里奈は返事をせず、ゲーム画面からも目を離さないし、素成夫も別に構わない。

「明日さあ、俺、布田先生の家にバイト入った」

「へえ」

「引っ越すんだって、先生」

「……………」

「大変だよ、あの部屋は」素成夫は布田利光の家を何度か訪問している。スクラップのバイトをしたこともあれば、徹夜の麻雀も。

遊里奈はうつぶせをやめて壁際のバランスボールに移った。素成夫はスマートフォンに目を戻した。フェイスブックもツイッターも一年半ちょっと続けただけで仲間が無駄に増えた。皆が次々と更新するから、親指を動かしての「巡回」は一日に二度三度では利かなくなっている。そういうときは「整理」するものらしいが、人間を削除するようで出来ずにいる。

極小サイズのゲームボーイをいじりながら、遊里奈はいつの間にかリモコンを手に取って音をつけたらしい。通販番組からチャンネルを変えて、また戻した。

「あ、ラオウの声だ」「魔死呂威下愚蔵だ」二人別々の名をあげた。

「なに、なんだって?　ましろい……誰、それ」素成夫が改めて画面に目を向けると、ゴルフクラブのヘッドが大きく画面にあって、値段は５９８００円と表示されている。その数字もまた、ゴルフクラブの先端に負けない大きさで強調されている。

「この、声の人」

「へえ……」今度は素成夫が気のない声をあげた。人の名前なのかそれ、と疑うような音を発したのに、会話の辻褄があったことに素成夫は驚いた。遊里奈は持っていた小さなゲーム機を傍らに置き、スマートフォンで検索しようとしている。きっと、そのアニメかゲームかなにかのキャラクターの画像をみせてくれようとしているのだろう。

「あっ」

「どうした」

「……亡くなったんだ、あの声の人」意外な言葉が出てき、素成夫はテレビの画面にまた目をやった。素成夫が知っているのは再放送で何度もみた『北斗の拳』のラオウの声だけ。それから視線を戻すと遊里奈は座り直し、すっかり敬虔な表情になっていた。

「今、画面にいるのはそのマシロイじゃないけどな」素成夫は軽く茶化してみた。画面にいるのは、ずんぐりとした体型のプロゴルファーだ。

「…………」素成夫の言葉を遊里奈は無視した。恋人の食い入るようにみつめたその画面がゴルフクラブの通信販売であることを、素成夫は奇異に感じた。

小波美里はサイドレバーの隙間のミントタブレットのケースを指二本でつまみ取ろうとしていた。真夜中の県道の峠道で、わずかに遭遇する赤信号の赤が雨粒ににじんでいた。暗いので手探りしていたら、助手席で紬が目覚めたようだ。すぐに察して、手を伸ばしてケースを取った。寝てていいよと声をかける前に
「何粒？」と問われる。

「じゃあ、一粒」小さなタブレットが紬の指につままれて、美里の左の掌に置かれた。紬は車の助手席における「タブレットあげ係」を重大な使命と自らに任じているようだ。

　助手席に息子がいることを美里は不思議に感じる。少し前まで後部座席のチャイルドシートに固定された彼は、なんでもかんでも無言で不意に放ってきた。元夫は「おとなしい」と思っているが、不意打ちを知らないだけだ。

　言葉が通じるようになったとき、心からほっとした。「死ぬからやめて」とハンドルを握りながら叫んだこともあるのだ。

　赤い光から横にずれた位置で青信号がやはりフロントガラスににじむ。車を発進させると、紬は辛くない飴の紙をむいて口に放った。自分もミントを口にふくんでいる

のに「夜に食べてはダメ」と躾をする道理はない。だが、食べずに寝直すよううながした方がよかったのではないか。いや、そもそも、真夜中に子供を車で移動させていること自体、褒められたことではない（親が）のだから、飴くらいボリボリ頬張っても、もうかまわないか。堕ちるならとことん。なにかの引用が浮かぶ。佐久の母親が風邪をひき、急な帰省となった。こういうことがこれから必ず増えていくのだ。一泊してあれこれ按配をし終えて、朝までに帰って出勤しなければならない。

美里はハンドルを握り直し、バックミラーで——子供への処遇に対し咎め立てをする者がいないか確認したわけではないが、なんとなく——車の後部に目をやった。窓の外はどこまでも闇で、その闇はむしろ頼もしく感じられた。

「お母さんはさあ、誰が好き？」紬は新書サイズの児童文学のシリーズをめくっている。車内でめくって酔わないだろうか。質問はその本と無関係ということはすぐに分かった。

「誰がって、『キャプテン』の中で？」実家に帰る度、美里の部屋の書棚の古い漫画本を、紬は読みふけるようになった。『いなかっぺ大将』や『あばしり一家』など、カバーも取れているような古い漫画本でも紬には面白さが分かるのらしい。それらはそもそも、美里にとっても生まれる前の時代の漫画だった。物持ちがよい両親の、それでもカバーのとれて褪せて何巻か抜けのある漫画群を前に座り込んで美里は、「そこ」に陣取るようにして読んだ。「英才教育」ときっと宏はからかうだろう。

作中にインターネットもスマートフォンも出てこないような時代のものでも紬には、幼さゆえ、古さ自体が分からないようだ。アンパンマンや「ぐりとぐら」がずっと幼児のスタンダードであることを思えば、道理だ。今回の実家訪問では特に『キャプテン』が気に入ったようだった。当時の漫画にしては異例の大長編を、紬はこれから徐々に読みきるだろう、切ない最終話を読んで、そのあとに『プレイボール』という続編があると知る瞬間の喜びを、未来の紬になりかわって想像した。きっと、肌が粟立つ。

そんなものばかりを摂取するうち、いつしかテレビ番組も昔のＶＨＳの録画を、ゲームも古いパソコンのゲームばかり愛好するようになったりして。

もっとも、彼も同級生との社交の中で、それらの「古さ」というか、通用しなさを思い知るだろう。だんだんと読まなくなるか、あるいは社交と別の「ひっそり」愛するという「愛し方」を知るはずだ。

これから出会う仲間と、話が通じずに孤立したり奇異の目でみられたりしませんように。今から美里は案じている。紬の前では少しも表明しないが、最初から――懐妊したときから——ある予感が美里にはあった。

この子は、この子の人生において一度はいじめられる。そのことが避けられないという予感が。助手席を窺うが、その予感が胸に去来しているときにはいつも、神につかわされし子のたどる過酷な運命をあらかじめ知る聖母の——どんな神話の聖母なのか分からないが、とにかくアニメや漫画で醸造されたイメージの——ような気持ちで我が子をみてしまう。紬の眠そうな横顔は神につかわされた感じはまるでない、ただぼーっとしていた。

とにかく、そういう方面の「英才教育」を、あまり施さない方がよい。放っておいても俗にまみれてくれるくらいが、むしろいいんだけど。宏は一ヵ月に一度、会うときには必ず紬をアスレチックや海などに連れ出してくれている。

「やっぱり谷口くんかな」紬の質問に対し、美里は考えた末、嘘をいった。漫画の『キャプテン』の中で一番好きなキャプテンは断然、イガラシだ。

「教育」的なことを自分は考慮したのだろうか。孤高の天才で、他者に対して厳しすぎるイガラシよりも、謙虚な努力型で人格者の谷口を称えるのが、ひとまず好もしいと。やっぱり、と頭につけたのは、当たり前すぎてつまらない答えと思ったからだが、幼い紬にはまだ、なにが定番でなにが渋いという価値観がないかもしれない。

「へぇ！」紬は純粋に声をあげる。助手席の小さな体をシートベルトが固定していて、街灯のある一画に入ると、街の光と影が彼の上を交互に通り過ぎる。

「うん」美里は紬の好きなキャプテンを訊かず、ラジオのスイッチをつけた。ヘッドライトに照らされて視界に現れるセンターラインと、その先の信号機をみつめながら美里は考えた。自分の好みを簡単に見繕われることへの防衛が——実の息子に対してさえ——発揮されたのだろうか。

「そうか、谷口か」友達か知り合いか、そんな風な気安い発話で紬は谷口の名を呼び、美里は息子の顔を一瞬みた。

イガラシに近藤に丸井に谷口、いずれも漫画の「主人公」なのに、なんとまあ、素朴な名なんだろう。紬の、つむぎという名は父親の宏がつけたものだ。インターネットで広まった「DQNネーム」なる子供の名のような、ひどいものではないと思ったものの、美里は実は迷いもした。

つむぎ？　つむぎ、つむぎかあ。三段活用みたいに心で反芻してみた。もう今の時代に、太郎や一郎のような「ただの名前」はつけられぬ。武とか健一なんて名前でも「つまらない」と思ってしまう自分がもう、あのころではない未来に生きているということを、出生届の前で腕組みをしながら思い知った。

今はもう、目の前の紬は紬で、変だとか妙とか思わない。

「谷口の、口が好き」運転しながら説明を足してみた。谷口の無表情な笑顔の「動かなさ」は異様だ。現実にはありえない、漫画という手段ならではのものだ。へえ、と続く相槌を待ったが、助手席の紬はうつむいて黙ったままだ。再び眠ったのだろう。

街灯はなくなり峠に入る。ボリュームを落とそうとしたカーラジオのニュースから不意に訃報が流れた。

内海賢二さんが。次の赤信号までつめていた息を小さく吐き出した。

アイドルとかタレントみたいではない、職人のようだった時代の声優のことを好きだったから、その中でもベテランの彼の訃報に、時代がいよいよ切り替わるという気持ちが押し寄せてきた。

知っている、つまり脳の一部分を占めているだけで、それがなにをした誰の名前であれ、訃報を聞くことは寂しい。

小波美里が真っ先に思い出した内海賢二は『サージカルストライク』だ。マイナーなゲーム機の、それも末期にリリースされた、ネットのオークションでは希少価値で数万円の値がついているゲームの中の悪役。出番は少ないといえ、あんなマイナーなゲームに、なぜ大物の彼が起用されたのか。

とにかく典型的な、悪そうな声だった！

「ひねりつぶしてやる！」と、作中で彼はいっていた。憎々しげに。

彼を悼む者は多かろうが『サージカルストライク』で今、彼を偲ぶ者は少ないだろうなあ。

スマートフォンがチャイムのような着信音を響かせる。メールの着信だ。美里は油断しているつもりがなかった。目を離したのはカーラジオのボリュームに手をやるくらいの、一瞬だけだ。後になってその記憶には自信が持てなくなるのだが。

「ママ、前」

光る目と目があった。鹿。ハンドルを切って急ブレーキを踏んだ。間にあわない。

強い衝撃。

ぶつかる寸前に美里が思ったことは「ああ」というものだった。

危機的状況には不似合いな、感慨めいた詠嘆。もう衝突は避けられないと把握した一瞬、それは漏れた。直後に訪れた物理的衝撃の強さは、もちろん把握なんかをはるかに上回っていて、肉体と同時に気持ちもぐしゃりと押しつぶされた感じだった。

ガードレールにぶつかりエアバッグが作動したことは分かった。

「紬！」胸と頬に強い痛みを覚え、声もひっくり返る。すぐにシートベルトをはずし、紬をゆさぶる。声に反応しない。血が逆流する感覚とともに、焦りが心を支配する。震える指でスマートフォンを手に持つ。

考えろ。しなければいけないことを。まず発炎筒をたかなければ。自分が外に出て、紬を助け出さなければ。車が炎上するかも。自分の太ももを強く二度叩いた。震えるな、と叱咤して、それから運転席のドアを開けて外に出る。

霧雨が止んでいた。自分の顔面の腫れは気にならない。流血にも気付かない。

いつかラジエーターから煙が出たときも峠だったが、あのときは昼間だった。薄情なほどの闇が今は、美里達を取り囲んでいる。ヘッドライトは衝撃で片方消えていた。夜の峠道に今ある明かりは、右のヘッドライトと後部のブレーキランプと、スマートフォンだけ。

小野遊里奈は素成夫の家で歯を磨きながら、かすかに安堵していた。素成夫の口から出た布田先生という単語にびくりとしたことを、素成夫に気付かれていない。たしかに、素成夫は布田利光に懐いていた。引越しの手伝いを頼まれるのも自然だ。

まあ、バレてもいい。布田先生と自分の関係はとっくに終わっていた。「悪いこと」はしてない。いいけど、バレたら少し面倒なやり取りになるかもしれない。

素成夫の部屋に泊まるような関係になって三週間はたつ。歯ブラシも化粧道具も一式、置かせてもらっている。視界の端、鏡の下に立っているボトルに見覚えがある。布田先生の家のと同じ洗顔料だ。昨年、先生の家に泊まったとき、使わせてもらっちゃえと稚気を発揮して——おとまりセットをコンビニで買うのが気恥ずかしかったのでもある——生まれて初めて男性用の洗顔料というものを用いてみて、驚いた。メントールのきつさに。講師と学生と、年齢も二十以上離れているだろうに同じものを使うって、男ってそんなにもスースーしたがりなのか。

そういえば、あの夜も誰かが亡くなった。たしかハリウッドの、映画監督だ。「あっ」と、布田先生も声をあげた。さっきの自分と同じ声を。

スースーする肌を指で撫でながら——物だらけの——六畳間に戻ると、パソコンでインターネットのニュースサイトを眺めていた布田先生は、誰かカタカナの名をいった。

「ナントカカントカが亡くなった」

「なにの人ですか」

「ナンタラカンタラの監督だよ」布田先生の抑揚は平坦だった。

「先生、好きだったの」背後から手を回して抱きつきながら、パソコンの画面を眺めた。

「好きだったかなあ」先生はたしか、あいまいに頭をかいたと思う。近くだから、頭を預けるように振り向く布田先生の、目尻の皺がよくみえる。意外だったり面白がったりしたとき、皺が動くのが好きだ。それから二人でその監督の映画をみた。

口をゆすぎながら、さっきの自分の態度とあのとき先生がみせた態度を心中で照らし合わせてみる。内海賢二という名前は知らず、役だけ知っていた。

自分は、悲しかったのだろうか。

「あっ」と生じた自分の（あるいはあのときの先生の）声は、なんの気持ちを表していたんだろう。ゴシップ好きだからといって、訃報に喜びを抱くわけはない。それが親しみを感じていた人のなら尚更のこと。

「悲しい」というのは、嘘のような気がする。その人を一方的に知っているというだけである程度生じる親しみと同量の、希薄な悲しみしか持ちようがない。とにかく、あらゆる有名人――あるいは、自分が「知って」いるすべての人――の死に、まじまじと目を向けていたいとも思う。ゴシップを気にするときの品のなさで、そうしたいんだ。遊里奈はくちゅくちゅとうがいを繰り返した。

部屋に戻ると寝間着姿になった素成夫が寝床でゲームボーイミクロを拾い上げて遊

んでいる。きっと、自分の遊んでいる様子をみて、懐かしくなったのだろう。寝転がる素成夫の脇に体を滑り込ませ、小野遊里奈は尋ねてみる。

「ねえ、昔の映画知ってる？　ええと、ナンタラカンタラって映画」

「ナンタラカンタラじゃわかんないよ」素成夫は笑って遊里奈の肩を抱きしめる。

「たしかね、飛行機のパイロットが……」

「それ、『トップガン』。布田先生が好きなやつ」

「……あ、そう」いわゆる「食い」気味の返事に遊里奈は呆れを隠さない。

「布田先生さ……いや、やっぱりいいや」

「なに、言いかけたら言う」はい、と素成夫は返事をし、遊里奈から体を離した。

「先生さ、なんかエレーナさんと付き合ってるっぽいんだけど、大丈夫かな」

「『グループ』に回ってきたの？」

「サークルの方のＬＩＮＥにね。いや、別にいいんだけど……」

分かる。素成夫が言いよどんだのは倫理のことをいいたいのではないと。素成夫の、その名の通りに素直で、裏表のない明朗さを自分は好きになったのだ。

「大丈夫じゃない？」だが、思ったことと反対の言葉を遊里奈はいった。

先生、誰となにしても別にかまわないけど、あの子はなんか、危ない気がする。布団にもぐり、素成夫にみえないようにしながら胸に手をあててみる。嫉妬で思うのではないよな、と確認する。

翌日の午後、首藤春菜と根津神子はA大学の学生食堂にいた。二人とも、ここにくるのは久しぶりだった。清掃の作業服ではない神子を学校でみるのは春菜にとって新鮮だったし、酒びたりでゆるんだ自分を神子にみられるのは恥ずかしかった。

「建て替えるんだね」窓の外の校舎にブルーシートがかかっているのを神子はみつけた。

「金ないのに、自転車操業よ」春菜は総務部の元上司の受け売りをいってみた。

「あら、根津さん」食堂のおばちゃんが嬉しそうに声をあげる。

「今どこにいってんの」

「今は麴町のオフィスの廊下」

「あらあら大変ね」また、二人分おまけしてくれた。

「サーカスみたいに流浪するんだね」

「そんなかっこいいものじゃない」春菜はA定食を、神子は親子丼をトレーに載せて移動した。学生達の賑わいの邪魔をしてはいけないというわけではないが、すいていても端の席まで歩いた。神子のかつての定席には座らなかった。作業着を着ていなかったし、誰に気付かれる気配もなかった。

忘れないうちにと、神子にDVDを手渡す。

「ありがとう」

「このビリーの声は、あれだよね、内海さんじゃないよね」渡した後で、春菜は確認をした。小杉十郎太、違うわ、そうだよね。

「なんのこと」

「内海さんが亡くなったの、悪役の声優」声を聞いた深夜には知らなかった訃報は、翌日のニュースで知った。

「悪役？　へえ」神子は声をあげる。採光部を広くとられた窓際で、すぐそばの外を若者達が行き交っていた。ダイエットの先達にコツを尋ねるつもりで昨夜の話を始めたのが、通販番組で聞いた立派な声の話にずれるとは。

生前の内海賢二はそもそも「主役」を演じたことがほぼなかったはずだ。

「『Dr.スランプ』ではセンベエ博士を、映画『ロッキー』ではライバルのアポロの役」

「へえ」どちらも神子はみたことがなかった。

「でも、だいたい悪役だった」『プロゴルファー猿』のミスターX役を例に出すと

「あれ、猿は知ってるはずだけど、そんなの出てきた？　だいたいゴルフの悪役って、なにするの？」違うところに食いつかれて春菜は面食らった。

「球を隠したりすんのかな」アハハ。言われてみるとおかしい。

「ショットの瞬間にレーザーポインタの光をさして」

「五番アイアンって言われたのにパター渡して」

「キャディなんだ、その敵」

ゴルフにおける悪役ということ自体――なにがどう悪いのか――不思議なのだが、なんの違和感もなく春菜はアニメをみていた。

以前、別の女性と話したときは「えっ、プロゴルファー猿って人間なんですか？（猿なのに？）」と問われた。居合わせた男性が「プロゴルファーの猿だと思ったんだ！」と喜び過ぎなくらいに爆笑していたが、そのときよりはまだぜんぜん、話が通じている。

「実のところ、どういう悪なんだろうね」子供の頃、自分は割と楽しんでみていたはずだ。『プロゴルファー猿』においてミスターX自身はゴルフをしない。ヌンチャクでボールをショットするカンフーファイターや、正確なスイングを誇るロボットの敵などを主人公に「差し向ける」のだ。だが、そういえばと思い春菜は顔をあげる。彼らは一体、「なに」を賭けて戦っていたんだろうか。

あまり「悪い」「卑劣」と感じる場面もなかった。してみると、ただひたすら内海賢二の声に説得されていたのだ。たいしたもんだなあ。素朴に感心しているところに総務部の元同僚がやってきた。広い食堂を深刻な顔で近づいてくる。

「小波さんがね、交通事故だって、入院だって」

二人は顔を見合わせた。そうしても仕方ないのに二人とも立ち上がってしまった。まだ話題にしなかったが、人気声優の死について美里の言葉を聴きたいと二人の思いが揃っていたところだったから、余計に驚いたのだ。


「あの動物は無事だった?」というのが目覚めた紬の第一声だった。

「鹿は無事よ、すぐにいなくなった」美里は涙をぼろぼろ流しながら答えた。

紬は無言で、届かないのに手をのばした。美里の顔の包帯が気がかりだったのだろう。

「よく頑張ったな」かたわらの宏の言葉にも紬はきょとんとした顔をした。病院に運ばれてから三日がたっていた。

宏は廊下で美里の肩も激励するみたいにぐっとつかんだ。「ただもう、生きていてくれた」ことだけで感極まっているのらしい。

「ありがとう」としかいえない。美里は分不相応な扱いを受けている落ち着かない気持ちで、自分の病室まで戻る。自分の子供を死の危険にさらした軽率な、愚かな、許すまじ、極悪非道の人非人であると自分を責めているのに、看護師から医者から、かけつけてきた元夫まで優しさオーラ、気遣いムードがまんまんだ。

二週間ほどで、二人揃って退院できた。出迎えにきてくれた元夫と、見送ってくれる看護師たちに周囲を囲まれて、美里はここでも不意にジェンガを思い出した。友人と夫婦と、大人だけで囲んだわざとらしいような楽しさを。

ここで今、紬に花束をくれる笑顔の看護師と、はにかむ紬。明るい植え込みのみえるロータリーに止まったタクシー。幸せの類型の只中にいる自覚は、気恥ずかしさではなく身震いを美里に与えた。あの峠で自分は電話をかけ、生きていることにしがみつこうとしたのだ。類型的であれ平板であれ、そういう全ての生に。

2014年4月

根津神子は台所脇のテーブルに置いたノートパソコンをDVDプレーヤーがわりにして、レンタルしたばかりの映画をみていた。「新作」のステッカーの貼られたものを勢い込んで借りてきた。二時間観続けてスタッフロールが流れ始めると傍らの、円筒形のキッチンペーパーをむしって涙をぬぐった。鼻もかんだ。

ダイアナ、かわいそう。かわいそうダイアナ。劇中の人物に感情移入しきった。神子を慰めるように、ノートパソコンのランプが蛍のように緩慢に点滅を繰り返している。

映画『ダイアナ』の世評は酷評といわないまでも低評価で、映画通の友人も黙殺気味だったから、SNS上での評判をあてにしがちな神子は劇場公開に気付かず、見逃してしまっていた。ポスターのデザインがどぎつく、「柔軟剤の広告みたい」との評に神子も頷かざるを得なかった。それでも『ダイアナ』を観ることは神子の中で決定していた。これを観るということは必ず「母を思い出す」ということになる。神妙な気持ちでディスクをセットした。

ダイアナ妃が亡くなったとき、神子は二十二歳だった。「パパラッチ」という言葉はそのとき広まった。そして好きでも嫌いでもない有名なだけの誰かが死んだことで衝撃を受けたのは、それが初めてのことだった。ダイアナ妃といえば母だ。ワイドショーをみていた母は立ったまま菜箸を片手に寸評した。

衝撃を受けたまま登校した。小学校から大学四年までの長きにわたり、神子は実家から学校に通った。当時の根津家では毎朝、ワイドショーのようなニュース番組をみていて、センセーショナルな出来事は夜よりも朝にもたらされることが多かった。ビートたけしの逮捕もスペースシャトルの空中爆発も、神子がそれを知ったのはいつも朝だった。

日頃から、不倫をしていたダイアナ妃に対し否定的だったはずなのに、あの朝、弁当箱に冷凍食品を詰めながら母はすこぶる哀しい顔をみせた。「パパラッチ」に追われ、推定時速百五十キロでカーチェイスを繰り広げ、トンネルの中で事故死したという、そのトンネル内を中継した映像のオレンジ色が神子の目に焼き付いた。

その、フルスピードで彼女を追いかけたパパラッチたちの原動力の端の端には、遠く日本で無責任にテレビをみて論評をするゴシップ好きの自分たちがいる。いわば、我々の好奇心の総体が彼女を追いかけて、大勢で殺した。

そういうことに思い至り、自省するとかあるいは後ろめたく思う、というような態度を母は示したわけではない。ただただ哀しい顔だった。

弁当を受け取り、母の表情を納得がゆくようなゆかないような気持ちで眺めた。本当は、母にもなにか言葉があったかもしれない。安直な、最大公約数のような悼みの言葉が。だが仮に言葉があったとしても、それを漏らすより前に、母はまだ父の弁当もつめたり朝食を案配しなければいけなかった。

その日いつものように登校すると、ダイアナ妃にさほど興味のない同期生も皆、さすがに話題にした。若者は、かわいそうとしかいえない事柄に対して「かわいそう」という日本語を素朴に出すことができない。このとき神子も、かわいそうとは言わなかった。論評できるほど彼女について知悉していたわけでもないし、そもそも「好きでも嫌いでもない」外国のおばさんだ。衝撃を語るだけ語って、あとは普段のやり取りに戻ってそれきりだ。トンネル内のオレンジ色と、その朝だけみせた母の独特な表情とだけが神子に長く残った。それから間もなく両親とも、相次いで死んでしまったから、他の表情をみそびれたのでもある。

まったく関係はないことのはずだが、その日の夜だ、根津神子が地元のマクドナルドで初めて人のものをくすねたのは。

最後にダイアナは「リーブミーアローン」と呟いたと報道された、気がする。神子は、その記憶が自分にどこで植え付けられたか分からない。出来過ぎの台詞だし、即死だったという報道とも矛盾している。とにかく、あのとき知った（虚報かもしれない）リーブミーアローンという言葉と、最初にくすねた際の気持ちは、連動している気がした。

気付けばリーブミーと言わずともアローンだな。清掃の仕事それ自体は好きで、誇りさえもってゴミを捨てたりトイレをこすったりしているが、職業としては出世するでも、なにか先があるわけでもない。いつか好きな車を買って「流浪」という行いをしたいなどと思いながら、平日の昼にたまの休みをとってＤＶＤをみているだけの暮らしに、ちょっと屈託する。

映画の中で、映画的といっていいはずのカーチェイスは描かれなかった。描写されたのは、車に乗り込む直前までだ。劇中のダイアナは恋をしていた。医者との激しい恋だ。観ている途中から、頂き物の高級チョコを口に頬張るのを忘れてしまった。ダイアナと一度別れた恋人は、真夜中に電話を受ける。電話を持った恋人は、通話したまま窓際に移動した。このころはまだ携帯電話は普及していない、コードレスホンだ。男が移動すると、窓の外で次々と街の明かりが灯っていく。

同時刻、イギリス中で電話が鳴ったのだ。英国国民は訃報で起こされた。たぶん好きでも嫌いでもなくただ無闇に知っている人々がだ。

ノートパソコンの脇の点滅は神子を慰めるのでは全然なく、充電をうながしているものだった。画面を閉じると遮蔽されていた奥にワインの瓶がみえたので、目に入ってしまったから仕方ないとばかり手に取って、残りをすべて注いだ。

ワインのラベルに太っちょのおじさんが描かれている。誰なんだ、君は。


プレハブの仮校舎の、階段の質感が妙だ。脇を駆け降りる学生に追い抜かれながら、布田利光は靴越しに、足裏の感触をたしかめる。なんというか、マットだ。

建物の壁は安普請なのに、階段だけ――頑丈という風ではないものの――奢っているというか、雨でも足を滑らしたりしなさそうな素材。ゴムのような、プラスチックのような。堅牢なものではないが、ベコベコしないこの安心感。

今はなんでも、素材が進化しているからなあ。今期から教室がプレハブの仮校舎に移ったことについて、含意するものを特に感じ取りはしなかったが、それでも自分に対する処遇としてふさわしいという気がしてもいた。

A大学の非常勤講師としての現代サブカルチャー論の、四年目が始まった。三年前の今ごろはどこも暗かったが、今年は仮校舎とはいえ蛍光灯がすべてついているし、オリエンテーションと称した最初の授業に顔を出した一年生たちの顔も皆、無邪気なものにみえた。

（カラリ床）（かどうかは分からないが）。足下の感触に想起したのはテレビのコマーシャルでみる、いかにもよさそうな「カラリ床」と呼ばれる風呂の床だ。

「ミーハー」という言葉があるが、それは人に対してだけ生じるのではない。新製品や新方式にだって発生する。九州新幹線に乗ってみたいと実家の母も声を弾ませていたが、そういう風に気持ちが生まれる。

ずっと借家住まいで、風呂のリフォームなんて利光には縁のない行いだが、カラリ床というあれは一度、なんだか体験してみたい。水はけが抜群によく、黴びにくいものらしい。

「先生、先生」背後から呼び止めてきた声で素成夫とすぐ知れる。仮校舎を出たところで並んだ。

「今年もよろしく」素成夫は今年の授業も見学してくれるという。

「これ、ありがとうございました」

「おお、面白かったろ」ブルーレイのディスクを手渡される。新学期最初の授業で、教材として一部だけ使用した映画の、続きを観たいと言われて貸していたものだ。

「すごいよかったです、あ、これも」もう一つ素成夫から手渡されたコピー機用のカードのことは忘れていた。昔のテレホンカードみたいなもので、学生は購入しなければならず、利光は学校から支給される。とはいえ授業であまり使わないので素成夫にまとめて渡してあった。

昔のテレホンカードみたいな、という認識にも、さっき思い至った素材の進化に対するのと同質の感慨を抱く。テレホンカードをみなくなった、のみならずだ。光沢のあるようなないような、柔らかいような柔らかくないような、銀紙のようなプラスチックのようなカードを。手の中のコピー機用のカードを、財布に入れるべきか手帳にはさむか、考えてそのまま手にして歩く。

「今日のコピーは自分でできたんですか」教師専用のコピー室に、先月も素成夫を呼び出した。紙づまりを起こした際の手順は初年度に口頭で教わっていたが、利光は聞いている側から忘れてしまっていた。教えてくれた事務室の女職員に同じことを問い合わせるのが面倒で、つい横着したのだ。素成夫はそういうことに長けている。

「今週は、紙づまりしにくい方のが空いてたから」そのまま素成夫と二人、建築中の巨大な新校舎を巻いて校門をくぐった。点滅している横断歩道を急ぎ渡る。

「花見だったの？」素成夫があげていたフェイスブックの桜の写真に話を「ふって」やる。

「バイト先の花見、あのあと、もう最悪でしたよ」昨年、引っ越しを手伝ってもらってから、利光の方でも素成夫に対してどんどん気安い態度になっている。彼のバイト先の愚痴は最近の定番になっていて、利光もいちいち「登場人物」について問い直さずに相槌がうてる。

歩きながら素成夫の話題は映画の感想に移った。若者は（そのすべてが、ではないものの）映画を「摂取するように」旺盛に観るものだ。かつての自分もそうであったように。そのことは、時代の更新がない。授業ではなんでも単語で語れるようになることへの戒めも言ってきたつもりだが、そうはいっても「知ること」は止められない。素成夫はもう、ヴィスコンティがとかフェリーニがとか、知った口をきけるようになっている。

「どこでもいいですか」

「いいよ」連れられるまま、素成夫行きつけの定食屋に入る。

「あ、オボちゃん」素成夫の気安い呼びかけに利光は思わず店内を見渡すが、先客の姿はない。割烹着のおばさんも厨房のおじさんも、呼びかけられたという顔を示さなかった。おじさんは新聞をたたみ、「いらっしゃい」と立ち上がった。長年同じ言葉を出し続けたせいで、いい感じに乾いて風合いも出た、材質を感じさせる声だ。

「小野ちゃん」と聞き間違えて一瞬わずかにみがまえたのだが、みがまえたこと自体、特には悟られていなさそうだ。

素成夫は小野遊里奈と付き合っているのだ。その彼女と関係をもっていたことを素成夫に知られることについて――いよいよとなれば別に構わないことだが、それでも――心中まるで平然としていられるほどに厚顔でもない。

素成夫が呼びかけた相手はすぐに分かった。壁の隅、天井近くでつけっぱなしのテレビに「小保方さん」の姿が映っている。あれがかの有名なオボちゃん、か。二人は四人掛けの席に向かい合わせに腰を下ろした。「小保方さん」の下の名前を、そういえば覚えていない。少し前の、センセーショナルな記者会見が巷間の話題となり「STAP細胞は、あります」という名言とともに「小保方さん」「オボちゃん」と言い交わすようになった。

人気者だ。

今、世間から批判され、おおいに叩かれているのだが、真逆の言葉が浮かぶ。

「生姜焼き」メニューを手にとらずに素成夫は厨房に告げ、水を取りに席を立った。

「ええっとね」利光は顎に手を当ててメニューを眺める。

「肉野菜炒め」

有名な「オボちゃん」ではなく「小保方さんの師匠」が釈明の記者会見をするというのをこのあと「独占で」中継するとテレビは告げた。司会者の「ミヤネさん」が画面に映ると利光は声をあげた。

「うわあ」なんという顔だろう。張り切っている。手ぐすねひいているという形に表情が固定されている。

「オボちゃんって、でも、別にぜんぜん美人じゃないですよね」女性の美醜について安直な評の言葉を述べるのは素成夫らしくない。向かい合わせに腰掛けたからテレビに目を向けていると素成夫は左を、利光は右を向いたままだ。

「美人ってことになってるの？」肯定も否定もせず問いながらむしろ、これがあの「ミヤネさん」か、と利光はまだ思っていた。時の人である「小保方さん」と違い、恒常的に有名な彼を知らないのは、変なことかもしれない。普段テレビをみないわけではない（なにしろ「カラリ床」をなにで見知ったかというと、コマーシャルでだ）。この時間にだけ、みることがないのだった。

よく知らないながら「ミヤネさん」は一度観たら忘れない人相だ。悪そうな……というか、好き勝手なことを思えそうな顔。テレビなんていう大きなメディアで活躍するのに、それは重要な資質なのだろう。

「はい、お待ちどおさま」定食が二つ、まず総菜から運ばれてきた。

「このあと三時から、会見です！」ミヤネさんが緊迫した顔で告げるのは小型の液晶テレビで、載っている台と不釣り合いだ。きっと以前は、ブラウン管のテレビが置かれていたのだろう。利光はテレビから目を離して割り箸を割る。


宮根さん、いつも以上に興奮しているな。小波美里はホーロー鍋の焦げ取りを中断して顔をテレビに向けて思う。重曹で一晩以上つけて、焦げはまだなおこびりついている。駄目かもしれん。捨てるか、そうでなければ焦げとともに使い続けるかだ。ホーローでそれは、なんだか嫌だ。

「独占」という文字がテレビ画面右上で強調されていた。ふやけた指をタオルで拭い、焦げについては思考停止することに決めて美里はテレビの前に移動した。テーブルを飾るように置かれた、いただきもののマスカットを一粒口に放りながら着席し、傍らに開きっぱなしのノートパソコンの中の「東京アメッシュ」の画面をみる。

よし、まだ洗濯物を干していても大丈夫。皿の端にマスカットの皮を出して、もう一粒口に放る。世間を騒がせた「小保方さん」の上司の笹井芳樹さんの記者会見がもうすぐ始まることをテレビは告げている。まだ記者会見は始まっておらず、過去の、小保方さんがフラッシュをたくさん浴びている映像が繰り返されている。リモコンを手に取って音量を少し上げる。

昨年退院してから、すっかり主婦のような主婦になった。宮根さんのテレビをみるようになった。たいてい飽きて、途中から裏の午後のロードショーに変えてしまうのだが。

A大学の総務部も昨年度末で休職した。それまで養育費はもらいつつも、総務の仕事をやめずに一人で紬を育てていくつもりだったのをやめたのは、事故で自信をなくしたせいもあるし、復縁を望む宏に対し感謝やすまなさが生じたからでもあるが、自分でもこれこれこう、と明確な説明はできない。

合理的だ、と思ったことはたしかだ。

結婚それ自体、社会の中で、二者における合理的な契約なのだが、その上に、緊急時に手近なものをとっさにつかんだみたいな感覚がある。選んでられない、みたいに。

震災が起きた時さえ宏に頼ろうなんて少しも思わなかったのになあ。再入籍は、まだしていないが宏は少しもせっつかない。通い婚みたいにやってくるようになった。

「まずい」咀嚼していて独り言が出る。マスカットが美味しかったのだ。美味しい物を食べると思わず「まずい」という、真逆の言葉が出るようになった。肥ってしまうという意味だ。三粒目のマスカットに手をかける。何日か前、春菜に教わった体重管理アプリをスマートフォンにダウンロードしたところだが、体脂肪計は脱衣場の壁にたてかけられ、きっと埃をかぶっている。

記者会見場には大勢の記者やカメラマンがいて、一方向に注目している。その様子を横から映すカメラがなめるように動くと、壁の壇にはマイクが何本もセットされて、背後のスチール椅子の方を向いている。マイクの多さは、そこに誰もいないことをむしろ強調してみせている。

これからそこに座って語る笹井さんという人は、渦中の小保方さんと異なる、既に実績のある、「ちゃんとした」学者であるらしい。小保方さんが学者ではないのかどうか、美里には分からない。上司が、部下の不始末について釈明をさせられるといったところか。

一連の騒動をつぶさにみてきたわけではないのに美里には見解があった。小保方さんが「よくない」のは虚偽のレポートを出したことなんかではない。割烹着を着てテレビの前で得意げな顔をしたことだけだ。今の言葉で言うなら「どや顔」をした。

紬からのメールを着信する。今日も「今のところ」無事に過ごしたみたいだと安堵する。あの日以来、常に子供については油断できなくなった。檻に閉じ込めたり双眼鏡で監視し続けるわけにもいかないから、毎朝「普通に」送り出すし、迎えにもいかない。ただ油断しない心持ちでひたすら気を揉むだけ。

　ノートパソコンの画面にレシピの検索サイトを表示させる。最近は定番の料理も、まずは検索してみることにしている。「クックパッドは当たり外れが大きいからみない」という誰かの言葉に倣って、自分もみないようにすると、大抵はキッコーマンや味の素のレシピサイトに行き着くし、母が教えてくれる古い味付けよりも美里はこれらサイトをたいてい信頼している。

　クックパッドというものはいつの間にか、幅を利かせている。インターネットってものは、なんでもいつの間にかだ。なにかが主流になるということは、もちろんどんな世界でも起こることだろう。だが楽天だとか、グーグルだとか、食べログだとか、それが同業の他を圧して主権を握っていった過程を、横からみてきたという実感がない。

　空席の、マイクだけが並ぶ記者会見席の映像に飽き、体重管理アプリを起動させてみると、真ん中にぬいぐるみの熊のようなキャラクターが表示された。なんだこれ。美里は面食らう。

だが、玄関の扉の開く音で宮根さんもクックパッドもアプリもすっ飛んだ。

「おかえり」いつも紬のただいまよりも先に言葉が出る。

記者会見場に二人の男性が現れた。現れるなり一斉にフラッシュがたかれ、すべてがあわさってカシャカシャというよりは「ガサガサ」という感じの音になっている。二人とも、なんだかみかけないタイプの男性だ。特に、テレビであまりみることのない感じ。

二人に続き年かさの男が現れて、座らずに脇に立ち、司会を始めた。これよりSTAP細胞論文について、会見を行うと。続けて、向かって左に腰掛けた男が言葉を発するが、小野遊里奈は右に座った笹井教授ばかりをみてしまう。

「静止画みたいだ」思ったのみならず、遊里奈は声に出してしまった。七三分けで黒みがかったスーツの笹井さん、全然動いていない。体全体がお面みたい。

司会者が会見の趣旨を説明し、笹井さんが口を開く刹那、これ以上あがらないと思っていたシャッターの音がさらに増した。

遊里奈はラーメン屋で遅めの昼食を食べ終えたところだ。食べながらずっと「ミヤネ屋」の煽りたてる様子をみていた。立ち上がり、お茶を手に取って席に戻る。笹井さんもゆっくり立ち上がり深く礼をした後、座らずに立ったまま、その風貌通りの理知的な喋り方で会見を始めた。

「このたびは、私(わたくし)が参加いたしました、STAP研究の論文、に関しまして、大変多くの混乱と、また、その齟齬による多くのご心配、また、疑惑を招く事態となりましたことを、心からお詫び申し上げます。また、このSTAP研究に期待を寄せて下さるたくさんの皆様方の信頼を損ねることになりましたことを、心からお詫び申し上げます」ここまででマイクを降ろし、笹井さんは頭を深く下げる。シャッターは写し損じの少しでもないようにとでもいうように、充分以上の音をたてフラッシュも光る。茶をすすり、遊里奈は食い入るように画面をみつめた。笹井さんが「お詫び」を申し上げる趣旨とお詫び先について、精確に努めようとしていることが分かる。

「これからいただいた質問を五つにまとめ、科学的な面にかかわるものを三つに分けて説明したい」と項目だてて説明していく趣旨を聞いて、それ自体が論文のようだと思う。

それから十数分後、遊里奈はA大学の古典文学の先生の講義を思い出していた。

それはつまり、とにかく、眠かった！　笹井芳樹さんの研究の、その真偽は分からない。だが、間違いなく笹井芳樹さんは、先生だということが、よく分かった。この喋り方、退屈な講義そのものの、整然とした論の進め方よ。四月の夕暮れ前のすいているラーメン屋で、木作りの硬い椅子とテーブルだからそうしないものの、ソファならもうとっくに舟を漕いでいたろう。「五つにまとめた」質問への回答の、やっと一つ目が終わって、笹井さんだけが順序を見失わずに「二つ目の点」に話題を移したが、一つ目のことが記者会見場の者も、テレビ画面の前の者もおそらくほとんどが理解出来ていない。

同じように別々の——しかしよく似た——場所で同じ場面をみつめていた利光と素成夫も、眠くこそならなかったが、会見にはとっくに飽きて別の、たとえば映画談義や、インターネットのニュースサイトに興味を移ろわせてしまっていた。会見前にさんざんと煽られていた遊里奈だけ、生来のゴシップ好きもあって、なにかセンセーショナルな言葉が出てくるのではないかと我慢を続けてしまった。

しかし分かる。遊里奈は勘定をすませ立ち上がる。今、笹井さんの記者会見をみている日本人の中で一番「あれ？」と感じているのが誰か、遊里奈には分かる。分かることが、なんだか痛快だ。

それは、宮根さんだ。

他局を差し置いての独占だのに、話題沸騰のオボちゃんのネタだのに、この退屈さはどうだ。番組のディレクターも、いつまでこの会見を報道するかで悩んでいるのではないか。「いったんスタジオに返」した方がいいんじゃないか。このままでは裏番組にチャンネルを変えられてしまうぞ。

だが、きっと、彼らにはできない。いつなんどき、退屈な弁明から不意に「オボちゃん」にまつわるセンセーショナルな物言いが始まらないとも限らない。「晴子が」と下の名で不意に呼んだり。

んなわけない。

古典文学の先生の退屈な講義はつねに退屈なままだったが、これは我々全員がみたくてみてしまった記者会見だものな。

店を出ると向こうから、布田先生とうわさのあるエレーナが歩いてきて、すれ違った。

(全身ヴィヴィアン)親が金持ちなんだなあ。エレーナのなにが「危うい」のか、遊里奈には言葉にできない。リストカット系というわけでもないのだが。

「小野さん」出し抜けに背後から声をかけられた。

振り向くとエレーナがつかつかと歩いてきてささやいた。大きなピアスが揺れるのが目に入った。

「知ってるから」とだけ言ってエレーナは立ち去った。

なにをどこまで知っているのとか、いや、今はもう先生とはなんでもなくてとか、遅れて出てくる言葉はどれも声にはならず、ただ純粋に怖く、立ち尽くした。

おじさんがさっきの店に入っていき、「お、オボちゃんの上司」と嬉しそうに声をあげるのが聞こえ、さっきの記者会見がすでに懐かしいものに感じられた。

五月の連休明け、根津神子は普段はこない銭湯の、故障中のマッサージチェアに腰を下ろしていた。家から徒歩二十分のところまでせっせと歩いてきた。今度、スーパー銭湯にいって楽な服を着ておおいに弛緩しよう、と春菜と美里と言い合っていたが——ムームーこそ着ていないものの——先に一人で叶えてしまった。

今年三回忌を迎える春菜や、事故に遭ったまま仕事をやめてしまった美里にこそ温泉的な「癒し」が必要だのに、抜け駆けをしてしまった気分だ。天井の角からそよぐ扇風機の風を頬に受けて目を閉じる。効能を求めて、脚を律儀に動かして、銭湯にやってきた。

神子は衝撃を受けるべくして受けていた。

昨日、初めて見咎められた。歩道橋を渡ろうと階段に近づいたところで背後から声美しい顔の女の子だった。白い、プジョーの自転車を押しながら歩いていた。

「よくないですよ」

本当になんの危機感も焦りもなくやっていたから、十分前のカフェでのことを言われていることに、しばらく気づかず、むしろいぶかしい目で女をみつめてしまった。

カフェのカウンター席でコーヒーを飲んでいた。隣の女——蝶の形の派手なサングラスをしたおばさんだった——が不意に緊迫した様子で携帯電話に話し出し、バッグを置いたまま外に出て行ってしまった。広い窓からおばさんの様子がみてとれた。店の外で横断歩道を渡り、きょろきょろと人を探す気配だ。ちょうど自分もコーヒーを飲み終えたところだったので、逡巡しなかった。バッグからリップクリームをすっと取り出してすぐに出てきた。路上のおばさんはまだ電話しながらしきりに誰かを探していた。悠然と繁華街を歩いて数分もたつと、したことも忘れてしまっていた。

「返してください」

おばさんの関係者だろうか、若い女はそれ以上は責めずに手を伸ばした。罪悪感よりもまず、恥ずかしさが噴き出した。それが顔に出るのを神子は必死に抑えた。なんとか差し出したリップクリームを受け取ると、バッグにいれて、そのバッグをたすきがけした大きな鞄にしまった。バッグの中には財布や、もっと高価なものがあったのになんで」と女は尋ねた。

「なんでという意味だろうか。

「すみません」

「そうじゃなくて、なんで」彼女の声に咎める抑揚は無かった。まるで、盗むこと自体は悪いことでもなんでもない、と言うニュアンスさえ感じられた。神子は黙った。

「……どうしてそうするか、自分でも分からないの？」

神子は子供みたいにうなずいていた。不意の問いかけの言葉が——万引きをつかまえた店員がバックヤードでするような——通り一遍のものではない、いきなり神子自身の心奥をえぐるものである、そのことの不自然さにこのときは思い至らなかった。

「できても、分からないなら、やめなよ」質問に飽きて、目の前のことへの興味が失せたみたいな口調でそういった。女は歩道橋まで自転車を押し、その自転車をかついで階段を駆け上がったのでまた驚いた。ものすごい勢いで女は去った。

あっけに取られ、ショックも受けながらまた歩き出すと蝶のサングラスのおばさんが、これもまたものすごい剣幕で神子を追い抜いた。

それで、今の若い女もバッグを盗んだのだと気付き、足がすくんだ。

帰宅したあと神子はすぐに風呂に湯をはった。寒くないのに震えをとめなければいけないと思ったのだ。長く入浴して酒も呑んだが夜通しろくに寝られず、まだかすかに体が震えている気がしたので昼には銭湯を検索していた。驚きと恐怖を静めるのに、家の浴槽ではまるで頼りなかった。

なぜこれまで、見咎められないと思ってこられたのか。なぜ、自分以外の人間は同じものを狙わないなんて思えていたのか。

もし超能力に目覚めたらどうするか、若いころ何人かで話したのを思い出す。皆、好き勝手なことをいっていた。銭湯で女湯を覗くといった男もいて、その無邪気さを皆は笑ったが、誰の言葉も願望を充足させることばかりだった。そのとき神子は真顔で黙り込んだ。本当に超能力に目覚めたら、その瞬間から油断せずに身構えるべきだろう。自分はすぐに、他者の超能力を疑い始める。

そんな自分のはずなのに、これはとんだ油断だ。落ち込むし、恐ろしい。湯桶にはったお湯を何度も浴び、そもそものところから恐怖した。すいている銭湯で広い浴槽に長時間浸かり、やっと震えはおさまり落ち込みが減った。

「できても、分からないなら、やめなよ」という昨日の女の言葉を思い浮かべた。つまり分かるなら、別にいいのだ。相手が気に食わないとか、単にその物品がほしかったとか、でさえ。それらの動機あっての盗みはただリスクを負うだけだ。彼女の雰囲気や口調から勝手に類推した都合のよい解釈だが、とにかくフェアなものを感じとった。不思議な出会いだったと神子は思う。

神子は立ち上がり、バッグを手に銭湯を出る。外は暑かった。二人を誘っていくのは銭湯でなく、うんと遠くの温泉でもいいかもしれない。いや、神子は立ち止まる。それより、もっと自分は動いてもいいのかもしれない。いつかと思っていた、車を買って旅に出る、を、もっと早めてもいいのかもしれない。

五月の連休明けの放課後、小波紬は学校の図書室で動物図鑑をめくった。校庭のにぎわいは途切れず、図書室はすいていた。利用範囲の広がる電子式の図書室のカードを進級した新学期に発行してもらい、でもすぐには使用を思いつかなかった。

自分には、調べたいことがあったのだ。知りたいことが自分にある、そう意識するとき、紬は自分の体に、背骨とは別の太い芯が入っている気がした。

鹿をよけようとして、とあのとき母親は周囲に事故原因を説明したが、あれは鹿ではないと紬は感じていた。

母が助手席の扉を開け、助け出して救急車が到着するまでの間に紬はそいつと目をあわせた。雨は止んでいて、霧深い夜、つぶれなかった右のヘッドライトだけが無関係な森の奥をさしていた。母親は気付いていなかったが、鹿のような生き物は実は立ち去らなかった。ずっと紬と母親のそばにいたのだ。

それは夢かもしれない。

哺乳類、ぐうてい目。重たい図鑑をめくっていくと、紬の見覚えのある姿にとても近いものがあった。紬はそこに指を置いた。

ニホンカモシカ（学名・Capricornis crispus）、偶蹄目ウシ科カモシカ属。特別天然記念物。体長百五－百十二センチメートル。体重三十－四十五キログラム。全身の毛衣は白や灰色、灰褐色。好奇心旺盛で、人間が近づいても立ち去らないことがある。高級な毛皮が取れることから乱獲され数が減り、特別天然記念物に指定された。

ほらね。鹿だけど、鹿じゃない。そんな、普通の、つまらない、その他大勢みたいな、脇役みたいなものなんかではなかった。特別天然記念物がどういうものかまだよく分からないが、少し難しい文言の中に自分が漠然と感じたことが裏付けられた気がした。

自分の記憶をたしかなものに思える記載もみつけ、胸にざわつきを感じながら、何度か繰り返し読んだ。

それから卓に広げていた図鑑を持ち上げ、バタンと両側から閉じた。大きな本だから風が起こり、紬の前髪が浮き上がった。

紬は、母に「証拠」をみせようとまるで思わなかった。大事なことは書き写しましょうとクラスの全員が一冊ずつ持っている「何でも帳」に書き写そうとも思わない。あのとき出会ったカモシカは美しかった。オーラとか、風格という類の言葉をまだ紬は知らなかったが、知らないだけで分かった。あるいは勝手に感じた。自分たちよりもあの動物の方が、正しい意味で「尊敬」すべき存在だと。

だから真夜中の峠で母親がおろおろしているのがそのときだけどこかおかしく思えた。

手もあがらないし口も動かないから、安心させてあげられないのがもどかしい。そんなことよりもママ、ほら、綺麗だよ。

救急車が到着するのを見届けて（と紬は感じた）、ニホンカモシカは姿を消した。

ママ、なにも心配いらないのに。

僕のこれから先のことも、いろんなことも。心配はいらないんだ。なんの根拠もなく思った記憶がある。意識を失った後の、夢の中でそう感じただけかもしれないが、でも本当に心配いらないのかもしれないとも紬は思う。

意識がなくなった際の混濁で、鹿を轢き殺してしまったかもしれないと勘違いして、だから目が覚めてすぐに尋ねた。轢いてないと知り、心底ほっとした。

「小波！　小波もドッジボールやろうぜ！」図書室の外の廊下から、友達に声をかけられる。

「今いく！」父も母もめったに聞かない張りのある声をだして、紬は図鑑を棚に戻しに走った。


名村宏はブースの向かいに座ったゲストが緊張しているのをみてとった。

「ここに話すんですか」マイクにあわせて男は首を下げようとする。

「山田さんの自然な姿勢で喋っていいんですよ」

「放送中にこんなの食べていいんですか」ゲストの山田は二人の間に置かれた籠を指差す。中には個包装のクッキーや飴が入っている。

「どうぞどうぞ、僕も彼もよく食べながらやってます」脇でときどき相槌をうつスタッフもうなずいた。

「もし山田さんがボリボリ食べる音が電波にのったら、僕が実況しますから」宏の軽口にゲストはやっとリラックスしてきたようだ。

「あ、このイヤホンをするんですか」手元のイヤホンを取り上げる。

「してもしなくてもいいんですよ」言われたゲストは再び不安そうにした。そういえばそうだ。してもしなくてもいいものって、なんであるんだと思われる。

ブースの外ではディレクターがキューを出す気配で、その脇に紬と美里がいる。小さく手をふってみせる。

「今日も生放送です、ナンムーのぐぐっとモーニングラジオ！」

早朝の生放送に二人が来てくれた。「いいところ」をみせなければいけない。宏は常になく張り切った。

「オッケーよかったよ！」帰りに寄ったファミレスで、紬はしかし、宏ではなくサングラスのディレクターの真似をいきなりしてみせた。

「似てる！」美里が目をみはった。

「巻きでいこう」「ニュース入りまーす」いかにも業界人らしい動きの指差し確認まで取り入れている。

「面白かったの、そっちかよ！」ただ真似をしただけでない、こっちの期待を分かった上で外すようなコミュニケーションを紬が取れるようになっていることに驚いた。おとなしい印象の紬に似合わないと思ったのは最初のうちだけで、ただ成長をまぶしく受け取めた。

「父さんたちコーヒーな、運べるか」ドリンクバーにも一人でいかせて大丈夫そうだ。

「大きくなるよねえ」感じていた言葉を美里に言われた。美里は小さくあくびをしていた。宏はすでに身についているが、二人には慣れぬ早起きだったろう。

「ほんとうにな」

「今日はありがとうね」

「うん。定期的な検査ももう大丈夫そうだし、美里、もしまた自信を持ててきたんなら、働いて二人で暮らしていいんだよ」

「…………」美里は意外そうに顔をあげた。働く「いいところ」をみせたら、その後で復縁をほのめかす、そう思っていただろう。

「事故の後、あれから俺もいろいろ考えたのよ。そしたら去年の十月だっけ、お笑い芸人の人が高速道路で死んだでしょう」

「桜塚やっくん」美里も名前を知っていた。

「そう、その人」ニュースの中でも交通事故は特に詳しく調べる。山口県の中国自動車道下りで、以前から難所といわれている地帯だった。道に逆カントがついていると聞いた。

「『なぜ』って言うじゃん、誰かが死ぬとさ。『なぜ高速道路で外に出たのか』って」

美里はうなずいた。

「答えは『なぜでも』だって思ったんだ」美里はうつむいた。あの夜震えた太ももに視線をやったのだとは宏は気付かなかったが、続けた。

「だから、すごく単純な考えだけど、美里が桜塚やっくんだったかもしれない。そう思って。だから、とにかく美里には少しも罪悪感とか感じてほしくない」宏はいいながら、とても不謹慎だが「桜塚やっくん」っていい名前だなあとも思っていた。不幸な事故だが、現場に一生残って語り継がれるだろう、その名が桜塚だなんて。危険への戒めになり、思い出になりいつか「塚」というもとの言葉通り「場所」になる名だ。

「うん」

「だから、復縁はしてほしいけども、自分のしたことをプレッシャーに思ってほしくないなって思って」

「……初めて、復縁してほしいって、言葉でいったねえ」語尾を延ばしたのはなにか照れを感じているのかもしれない。

「そうだっけ」宏も指摘に照れながら紙ナプキンを手渡した。

「そうだよ」

紬がコーヒーカップを二つ持って慎重に戻ってきた。

「ありがとう」宏は店員を呼び止めてメニューを受け取った。

「紬はお子様ランチじゃなくていいんだよね」

「どっちでもいいよ」腰を滑らせて母親の隣に戻った紬は、むしろおとなびた言い方をした。

「ありがとう。じゃあ、真剣に考える。安直な返事はしない」美里は紙ナプキンで洟をかんで、明るく告げた。

六月のある夜、安堂素成夫は小野遊里奈とセックスをして、うとうとした後で夜中に起き出し、二人でゲームをした。就職活動に出遅れきっているが、素成夫は焦っていない。布田先生になついていても、なんの有利になることもないのも分かっている。

「うわ、めっちゃ卑怯、めっちゃ卑怯」しばらく昔の格闘ゲームで対戦をした。それからネット経由でインディーズのゲームをあさる。

「うわ、このゲーム、ダウンロード一時間以上かかるって」

「やっぱり昔のゲームのほうがいいよね、ゲームボーイってすぐ遊べて好き」懐古趣味のような言葉を若い遊里奈がいうのが面白い。

「形もいいよね」画面ではダウンロード終了までの残り時間を示すバーがゆっくりと動き始めている。

「一時間かかるなら私、風呂入る、シャワーじゃなくてためていい?」いいながら遊里奈は立ち上がる。

素成夫は大きなビーズクッションから半身を起こし、リモコンを探る。チャンネルをテレビに変えた。

「この飛び!」と耳に入った台詞に覚えがある。

一年前だったか、夜中にみていたゴルフクラブの通信販売だ。画面内では、あのときと同じか違う人か分からないが、ずんぐりしたゴルファーがクラブをふっている。天気のいいゴルフ場だ。

たしかあの声優、死んだんじゃなかったか。しばらく、耳をすませるように聞き入って、それからいきなり感動してしまう。

「給湯温度を　四十　度に設定しました。お風呂を沸かします」向こうで機械の女性の声がした。

「ヨンジュウ、ドニ設定シマシタ」真似をしながら遊里奈が戻ってきた。

「どうしたの」テレビを眺める素成夫の顔が目覚しく嬉しそうなのをみてとった。

「ラオウが、ケンシロウに……！」

「なに？」

新たなナレーションは、前の声の人と、同じアニメの中では敵同士であり兄弟弟子でもあった。因縁の二人だ。その二人の間で今なにかが正しく伝承された、とみてとることができるのは、勝手な見立てに過ぎない。勝手な感動だ。

勝手でいいんだ。そういう風に見立てることも、ときに、世界を作る。

「なんなのよ」

「なんでもないってば」いちいち、教えなくてもいいんだ。素成夫は立ち上がり、ビールを冷蔵庫から出した。

　布田利光は久しぶりの別れ話だと身構えた気持ちでエレベーターに乗り込んだ。総務部で今年も前期半ばでなくした学生名簿を受け取って——三年前と異なりいっさいがっさいではなかったので、嫌味はいわれなかった——最近はプレハブの仮校舎ばかり出入りしていたので、久々に歩く新校舎の廊下のあちこちにまだ三角コーンやバケツが置かれていて驚く。

「まだ震災の補強工事されてないの」事務員と目があったので、なんとなく尋ねる。

「あれは震災じゃないですよ」震災よりもずっと以前、十年以上前から雨漏りしていて、最新の建築ほど、いったん漏るとどこから漏るかはつかめないから、半永久的にああやって大きなバケツで対処するんだと教えてくれた。

　震災以後ずっと「痛ましい」「爪痕」と思いながら通り過ぎていた、あれはなんだったんだよ。へなへなした気持ちで、逆にこれから挑む別れ話についてはリラックスした気分が戻ってきた。

　別れ話は緊張するときとしないときとあるが、今回は相手との関係性ではなく「久しぶりだから」という理由で緊張している気がする。

　最近は、少し関係をもった相手とも、特に会って話し合ったりせずに自然とフェイドアウトできることが多かった。また会いたいというメールに、ちょっと考えたい、と返信すれば連絡がこなくなる。

向こうにすれば、さらに会ってくれ、じゃあいつ会ってくれるなどと問いつめることで、決定的に否定されてしまうかもしれないと、「詰む」のが怖くなるのだろう。あるいは単に、関係を結んだり解消したりということに対して女性全般もカジュアルになっているのだ。

だからエレーナが「会って、きちんと告げてください」と言ってきたのは意外だった。そういう子なのか、と。

いつか二人でいった定食屋がいいといわれ、どこだって同じだと了承した。

別れ話を切り出すときは必ず、これまでに自分を選ばなかった女のことを思う。こっぴどく自分をふった女や、揺れたけど結局選ばなかった女がいたし、利光も心から恋いこがれて、しかしかなわなかったことがある。帰り道の街灯が涙でぼやけるような失恋をしてきたのだ。

選ばれなかった仕返しをしているつもりはない。

心変わりや、恋愛感情が冷めるということは、男女双方、お互い様に起こり得ることなのだと奮い立たせる。

定食屋にすでにエレーナはきていた。世間話とか、あまりしないほうがいいのかも。

注文をすませてからすぐに話しはじめた。単刀直入がいい。

「好きじゃなくなった」ハッキリいうのがいい。その間中、エレーナが笑みを崩さなかったのでむしろ不気味だった。真意をつかみかねた。**［胸は整形してません、天然です］**がかつて彼女がメールしてきたアピールポイントで、その開き直ったユーモアを好ましく思ったのだが、顔は、そう言うだけあって表情に乏しく、面白みがない。

エレーナは「分かりました」と澄んだ声でいった。それからトイレに立った。利光はとりあえず安堵して、水を飲んだ。

戻ってきたエレーナが手に持っているものが最初なんだか分からなかった。ゴルフクラブであることに気づいてきょとんとした。エレーナは利光に向けて思い切りクラブをふりかぶった。どこにそんなものを携えていたのかと思った。

ひゅん、と音が響いて、続く音はカシーンどころではなかった。

どぐっと鈍く、肉体を音が、激痛とともに駆けめぐった。

誰かの悲鳴が遠くで響き、横になった視界で、利光は自分の血だまりが広がるのをみた。

本当だった。ヒュンって水が混じってるみたいな。

みえるはずがないのに、利光にはエレーナがドライバーを最後まで振り抜いた姿がイメージできた。「この、飛び」その言葉が利光の最後の「思ったこと」になった。

蕗山フキ子は十九時成田空港発シャルル・ド・ゴール空港行きの機内の窓際で、小さく切り取られた景色をみていた。膝に抱えたトートバッグの中には、依頼主に頼まれていた物品がバッグごと入っている。

「客室乗務員はドアモードをアームドにしてください」CAのかすれた声が、ノイズキャンセリングのヘッドホンごしにも聞こえ、離陸が近いことを知る。

束の間のキャンパスライフだったなあ。アルバイトもした。気に入りの自転車はいろいろあって壊してしまい、悲しかった。

窓越しにみえるのはA大学ではないが、とても懐かしい気持ちだ。

「やーだ！」飛行機が動き出すと混雑した機内の、二つ前の座席の子供が不安になったか、イヤイヤをして大声をあげ始めたようだ。フキ子の隣のおじさんはいささか不快そうな表情で、新聞をガサガサ動かしている。

「静かにしよう、ね。ほら、絵本みよう、ほらほらワンちゃん」お母さん、苦労しているみたい。

「カナ、ほらワンワンとニャンコだよ」

「いい、カナおうち帰る」

「あのね、もう降りられないの」

「じゃあ、死ぬのね」幼児の言葉にフキ子は閉じていた目を開けた。思わずヘッドホンを外すと、ノイズキャンセリング機能で抑えられていた機内のごうごういう音がフキ子の耳に流れ込み、そんな言葉は最初から発せられなかった気がした。

「死なないの、死なないでパリにいくの」姿はみえないが、母親は生返事で、子供のためのなにか別の動作で手一杯のようだ。

「カナが死んだらね、王女さまになる、魔法使い王女さまになるの」

「死んだら王女さまになれないよ」

「なんで、お金かかるから？」

「そうだよ。ほらカナ、お靴を脱いじゃおう……足バタバタしないで」

「やだ！」座席を隔てて二人の様子はみえないが、靴をめぐって押し引きがあるらしい。

「生まれ変わるのにいくらかかるの？」

「たくさんよ……」靴をやっと脱がせ終えたらしい、肩で息をしたような荒々しい母親の返答にフキ子は笑った。「お母さん生まれ変わったらなんになる」という娘の質問に母親は答えなかった。離陸を告げる機内アナウンスのなめらかな声と、窓の外で動き出した景色が娘の興味を移らせたようだ。

フキ子は鞄から紙風船を取り出してふくらませた。娘の質問への答えのつもりで、薄くて丸い風船を掌にのせ、もう片方の手をうちつけて飛ばす。ちょうど二列前の座席に風船がふわりと落ち、子供の歓声が聞こえた。どちらかというと頑張れお母さんというつもりでもあったのだが、喜ぶわけないか。再びヘッドホンをして、フキ子は目を閉じた。

八月の昼、首藤春菜はエアコンの冷房を「強」にして、薄手ではない掛け布団にくるまっていた。無駄なことをしていると自覚しながら。

高階から見下ろすと報道陣が詰めかけているのがみえ、それはフィクションの中の一群のように感じられた。そういった分かりやすい「形」の群れに春菜はたまたま囲まれはしなかったが、駅から校門に向かう雑踏で、横合いから不意にマイクを向けられた。

「この度の非常勤講師殺害事件についてですが……」

「なにも知りません」本当のことを口に出して通り過ぎたが、その自分の言葉も紋切り型で、なにか知っていて隠している人みたいな返事をしてしまったような錯覚も生じたし、出歯亀の彼らだけでなく自分までがなにか嫌な存在に思えた。しかし、殺害されたのは会ったことのない人だ。ぼんやりと思い出そうとするが、あそこは職員の数も多すぎる。春菜の心には浮かばない。

夏掛けの布団やタオルケットでは冷えすぎる。冷房を弱めると、夏掛けの布団どころかなにをかぶらなくても暑い。

不合理な状態だが申し訳なさは生じない。それどころか、妙に充実した気持ちさえ抱きながら厚い布団の中で春菜は寝返りをうつ。核兵器をお互いに持てば戦争が起きない、みたいな「均衡が保たれる」ことを表す「喩え」に今、自分はなっていると感じる。

いや、喩えになんかなってない。そもそも、どこの誰が今の私を喩えにしてくれるというのか。

喩えを尊ぶ気持ちがあるからこそ、今の自分をそんな風には思えない。

「誰も彼も、眠れないんだな」という台詞が不意によぎる。いつの、誰の台詞だっけ。

夫の死からもうすぐ二年になる。三回忌は丸二年、と誰かに教えたことも思い出す。誰にだったっけな。

立ち直れないわけではない。ちゃんと悲しんでいるし、ちゃんと暮らしているとも思う。酒量こそ少しずつ増えていて、部屋も散らかり気味で、いささか荒んでいるものの、入院するほどでもない。四月には母の入院手続きがあり、苦手な兄夫婦とも話し合ってあれこれ段取りをつけたりして、家のこともなんとかやっている。今はたまっていた有休をつかって、どこにもいかずに寝ているが。

蒸し暑さを躱せるわけではないが寝返りをうち、布団をかぶったままスマートフォンでネットを巡回する。

【笹井芳樹自殺】誰だっけ。

あぁ、小保方さんの上司の。

春に記者会見を大学のどこかの部屋で、職員達と一緒にみたんだった。テレビという大きなメディアに彼が登場したのはそのときくらいだから、特に近しい者でなかった場合、思い出すとしたらまず、あの会見以外のことはないだろう。

春菜はあのときから、笹井さんのわずかな言いよどみや語尾の弱さを気にしていた。予感がした、というと嘘になる。死ぬかも、と思ったわけではない。

こういうとき「なんか私、予感がしたんだよね」などと「言いたがる」人がいるが、そんな自己顕示でもない。春菜は誰にもいわなかったし、これからもいわない。

酒を取りに起き上がろうかと思う。一年前から常備してある寝酒のウィスキーは、マッカランではなくただのブラックニッカになっていた。

メールを着信したので画面をニュースサイトから切り替えた。一時退院した母の様子を父が送ってくれたのだった。田舎の父は、買ったばかりのタブレット端末を操作することに高揚しているようで、頻繁にメールを寄越す。風呂場にいる母の足下を写した写真に【カラリ床だぞ】と言葉が添えてある。父が喜んでいるらしいその床がなんなのか、春菜には理解出来ない。

画面をブラウザに戻し、自殺の記事を読む。彼が「死ぬほど」に「傷ついた」ことを周りは察せられなかった。ニュースに書かれていない言葉を春菜は思う。彼が「死ぬほど傷ついた」とは言語にされない。

何年か前、国会で与党を激しく追及した若手議員が、その根拠となるメールがガセネタと分かって議員をやめ、後年死んだ。「永田メール問題」という雑誌の記事から、春菜は永田町のメールの問題だと思っていて、追及した議員の名だったことは自殺の報で知った。

ブログに、病院の対応が悪いと悪し様に書いて「炎上」したどこかの地方都市の市議だか県議は、それからすぐにダムの近くで死んだ(サスペンス映画のような死に場所だ)。

親指を動かしてそれらの事件を調べる。指一つで寝床で調べるのをどこか下品と自覚しながら、ウィキペディアやニュース記事に書かれた顚末を読みふけった。どの記事をみても彼らが「死ぬほど傷ついた」という文章はない。

なぜだろう。

自明のことだからだろうか。

そうではないのではないか。傷ついたと皆、分かってないんじゃないか。春菜はスマートフォンを握りしめた。急に、小保方さんのことを思う。小保方さんは仕事場に同性の友達はいないのかしら。

美里は自動車事故の後ほどなくして休職し、神子も勤務先が変わったことで、自分の職場にウマのあう友はいなくなった。通いの医者は診療室の勤務に思い入れが薄いし、静かな受付で淡々と事務をこなすだけ。

病気でも旅行でもないのに仕事を休んでいると知ったら心配されるだろうが、二人には伝えていないから大丈夫。

伝えなければ、心配されない。なんだか画期的だ。

もしアル中でボロボロの廃人になったら、どうして言ってくれなかったの、と美里に怒られるだろう。ネズミはぶっきらぼうな顔で、なにをいうか想像がつかない。

女三人でセガサターンのゲームで遊んだのがもうずいぶん昔のことのように思い出せる。中年三人が意気投合して友達になったきっかけは、三人とも思い入れのないミュージシャンの訃報だった。変だ。

あの集いはとても楽しかった。楽しいけど、遊んだゲーム自体はどれもとても寂しいものだった。ネズミはずっとなにか食べていた。

「最近の葡萄って全部うまいよね」頬杖をつき、卓上に出されたなにがしかを頬張りながら画面をながめ、ほとんどゲームのコントローラを握らなかったはずだ。

「果物全般ね」春菜も雑談に相槌をうちながら、もっぱら美里のプレイをみるだけだった。

「甘くなかったあの時代の苺の味を知ってる時点で、ババアの証拠だよ」

「まったくだ」やり取りは終始そんな風だったが、春菜はゲームの画面を今なお、記憶していた。かつて実家では兄が、学生時代には恋人が遊んでいるのを横目でみていた程度で、ゲームは縁のないものだった。わずかに覚えている八〇年代のファミコンの、ぴこぴこした画面や音にも寂しさを思うが、生音やCG映像の盛り込まれた九〇年代のゲーム画面はもっと寂しい印象だ。描かれる三次元の迷路や街がリアルになるほど、そこに「人間がいない」ことが決定的に感じられる。

小波美里はかつてゲームの中で人を殺したときの話をしてくれた。ウェッジウッドのティーセットの、ウォーマーでポットを温めて紅茶を注ぎながらする話題としてはギャップがあるはずだが、美里は当たり前みたいに話したし、ネズミも春菜もごく自然に相槌をうった。ゲームを遊ばなくても知識はある。殺人ができる過激なゲームがあって、少年の犯罪傾向を加速させるだとか、そういった類のニュースを耳にしたことがある。

だが、美里の「ゲームの中で人を殺した話」はそういったものではまるでなかった。

海外の、大昔のパソコンゲームで、コントローラではなくキーボードで文字を入力して進行する。

右に進みたければ「go」「right」。アイテムをみつけたら「take」。壁の絵を動かして(move)秘密の鍵を手に入れたり、岩肌を見渡して(look)洞穴をみつけたり。画面の切り替わりも、いちいち前の画面を消して、線や円を画面の座標にプログラムで置いていくことでゆっくりと描画する。

「楽しそう」ネズミはふんふん頷いた。

「これが、まあ楽しいっちゃ楽しいんだけども、そうでもないんだ」

「どっちよ」

画面に描かれた状況に対し、ありとあらゆる言葉を受け付けてくれるわけではない。鍵を壊すと入力してもねじを外すと入力しても、大抵の言葉は「できません(you can't)」と定型文で返答されるだけ。あらかじめ仕込まれた正解の言葉をみつけだす、ただの「言葉探しゲーム」になる。

異世界の寂れた無人の街を歩いていたら、見知らぬ女が現れた。手に武器のようなものを持っていたので、とっさに「hit her」と入力した。hit は叩け、というニュアンスで、建物の壁などあちこち叩いて調べるときに「通用」することの多い動詞だったから、そんな感じで「hit」してみたのだ。

「そしたら、死んじゃった」紅茶を注ぎ入れて、つまり三つのカップに目を落としていた美里は、その言葉のときだけ顔をあげ、二人の方をみた。

「へえ……あ、ありがとう」カップを受け取って一口つけた。ネズミは――話には耳を傾けながらも――シャインマスカット一房を一人であらかた食べ尽くしそうな勢いだ。

「それで？」

「うん。画面下のメッセージ表示欄には『she's dead』と状況の変化を告げる文字が出てきて、画面からは女が消えて、それでもう、ゲームをクリアできなくなったの。女から暗号を聞き出さなければ、町を脱出する扉を開けられないから、そこで手詰まり」

「ふんふん」

「で、だからといって、たとえば『ゲームオーバー』とかって文字は出てこないわけよ。『move』って入力すれば、その後も移動しつづけることはできるの。でも、その世界ではもう、永遠になにも変わらない、自分がなにか失敗したのか、まだなにかみつけていないのかも分からないまま、遊び続けるしかないの」

美里の言葉を思い出すうち、春菜はやっと半身を起こした。

呑もう。ブラックニッカはやめて、輸入ビールがあるはず。春菜は重たい布団を、憎らしいものを蹴るようにしてベッドを出た。途端にエアコンの風が汗ばんだ肌にあたり、不合理なことをしている自覚を促した。

階段を降り、無人の台所の椅子に座り、一階のエアコンをつけた。

ゲームのことをよく知らないのに、美里の回想が春菜にはいきなりよく伝わった。あの日遊んだセガサターンのゲーム画面の空虚さと結びついて、強いものとなった。キッチンドランカーという語を思い、台所から移動することにする。キッチンに重きはなく、ドランカーであることがキッチンドランカーの問題なのだが。グラスをさかさに指にはさみ、ビールのボトルを持って、台所とつながった居間に移った。注ごうとして、やめて瓶から直接口に含んだ。

よく冷えている。

「でももちろん、分かったよ。その女が画面からいなくなったとき、失敗だと瞬時に悟った」美里はいっていた。女から情報や、アイテムをもらわなければ、次に進めないに決まっている。

だが、ゲームを失敗したという以前に、美里には恐ろしい感覚が指先から全身にじわじわと広がっていったという。

自分が今、確実に、人を殺してしまったという感覚だ。

画面から女が消えたのは演出だし、そうプログラムされているからにすぎない。あるいはフィクションの「舞台」から退場しただけだ。だけど、美里自身が「hit」と入力しなければ、意思を示さなければ、そうはならなかった。映画や演劇の中の人が死んだのと異なり、そこでは「美里が」そうしたのだ。

小瓶のビールに目を凝らし、ラベルを確認するが、すぐに諦める。限定発売とあるし、銘柄を覚えてもどうせ買えない。それに、春菜には確信がある。コンビニという場所で自分が気に入ったものは、必ず流行らずに消えていくという。

大き過ぎるソファの背に背中をくっつけたまま半分ほど呑み、消えているテレビ画面を眺めた。

「人を殺した」瞬間の「あっ」という感じ。そのあとも「ゲームオーバー」にならずに、ただその世界を徘徊することも含めて、美里の体験は人を殺してしまった人そのもののようであった。

不気味とか、怖いではない。

実際の殺人者の殺人の話をもし聞いたら、もっと大げさな反応を示すだろう。えぇっ！　とか、そんな！　などと口に出すかもしれない。

美里のは「実際」のことではない。実際にはこの世の誰も死んでいないから、淡々と受け止めたのだが、それもまた、なんだか画期的なことだ。そのとき美里はまだ小学生だったという。小学生が人を殺した「感じ」だけを、味わったのだ。それは楽しい記憶なんかではなく、生々しい感覚とともに、当然のように後悔のようなものをもたらした。

　あのときネズミはネズミで、ある時期、浜松に用事でいくようになったが、いくたびに「このへんにマスクメロン畑を持っていたなあ」と思う、と言っていた。根津神子がマスクメロン畑を所持したことなどない。日本を舞台にしたすごろくゲームを遊んで、浜松のマスに止まってマスクメロン畑を買い占めた記憶が、現実の地名で呼び起こされるのだ。面白い。春菜はゲームをしないし、画面を凝視したり操作したりするなんてむしろ苦痛だ。だが、嘘だけど、気持ちだけが本当ということには興味がある。

　テレビをつけた。笹井さんの自殺について報じているのをみたくなくて、BSに切り替えた。昼からやっている通信販売の番組に、無駄に元気な気配だけを認め、さらにCSの映画チャンネルに切り替える。アクション俳優が大写しで、これもまた元気な気配。名前がすぐに浮かばないだけで、春菜も知っている役者だと分かった。劇の途中からみても誰だか分かるって、役者がすごいってことだ。ビールはすぐに空になり結局、冷凍庫臭のする氷をグラスに割り入れ、ブラックニッカを注ぐ。マッカランより味が落ちても、音は同じくらい素敵。一人だと杯をあわせてしまう間違いは起こらない。会ったことのない笹井さん、永田さん、名前は忘れた県議のおじさん、献杯。春菜はウィスキーを呷る。

誰にも言わないままの言葉をいつか私はしたためよう。亡くなった人に、友達だと思っている人に。ネットに載せて読めるようなのではなくて、そう、空母の中の郵便局に溜まる手紙のように。

本人は言語化しないが今でも「すごく傷ついている」春菜の、閉じた目から涙が垂れ落ちる。閉じたままグラスはなんとかこぼさずに床に置いた。自分が空母にいる想像は、意識を失う前の春菜の口角も持ち上げた。

本作に登場する主な死者と死因

ジョン・レノン　射殺（1980年12月8日）
ダイアナ妃　交通事故死（1997年8月31日）
坂井泉水（ミュージシャン）　転落死（2007年5月27日）
永田寿康（元衆議院議員）　自殺（2009年1月3日）
トムラウシ山遭難事故（8名死亡）（同年7月16日）
臼井儀人（漫画家）　転落死（同年9月11日）
TAIJI（ミュージシャン）　自殺？（2011年7月17日）
石川県かほく市落とし穴事件　事故死（夫婦死亡）（同年8月27日）
スティーブ・ジョブズ　病死（同年10月5日）
リッキー・ホイ（俳優）　病死（同年11月8日）
首藤春菜の夫（会社員）　遭難死（2012年10月中旬）
シルビア・クリステル（女優）　病死（同年10月17日）
内海賢二（声優）　病死（2013年6月13日）
小泉光男（岩手県議）　自殺（同年6月24日）

桜塚やっくん（タレント）交通事故死（同年10月5日）
布田利光（フリーライター、非常勤講師）撲殺（２０１４年8月2日）
笹井芳樹（大学教授）自殺（同年8月5日）

「群像」二〇一七年一月号掲載作を加筆改稿しました。
元群像編集長の佐藤とし子さんに感謝します。
——著者

解説

西加奈子（作家）

数年前、人気のバラエティ番組で「ゾンビ」の特集をやっていた。ゾンビ映画やドラマが大好きな芸人達が集まり、それぞれ熱い思いを語るのだが、ただの賛美だけではなく、「ゾンビもの」のテンプレを指摘して笑う、という流れになった。「車で逃げようとするとき、エンジンがかからなくてピンチになるけど大丈夫、ギリギリでかかるから」とか、「でも安心したところで後部座席からゾンビが出てくる」とか、「台所で母親が後ろを向いていたら大抵ゾンビになっている」とか、覚えがありすぎて笑ったのだけど、特に印象に残っているのは、例えばこんなことだった。

「夢を語りだしたら、そいつは死ぬ」

「トラウマを克服したら、そいつは死ぬ」

それはつまり、「死亡フラグ」というやつだろう。ゾンビものに限らず、ホラー映画（特に古いもの）で、例えばカップルがイチャイチャするために森に入って行ったら「死ぬ」し、登場の段階で異様にイキっている奴は「死ぬ」。とにかく物語の中で誰かが死ぬとき、その「驚き」も含めて、私はそれを知っている。そのことに笑ったのだった。

　でも、現実は違う。誰かが死んだとき、私はその死を事前に知らない。長い入院生活を送っていた知人や、末期がんだと宣告された親戚の死ですら、覚悟はしていても、知っていたとは言えないし、驚きは減じない。つまり、現実のどこにも死亡フラグは立っていない。登場人物の言葉を借りれば、こういうことになる。

> 誰もが、いつか死ぬことを認識している。でもそれが次の瞬間だと知ることだけは、できない。（p69）

　2011年7月、震災後から、物語は始まる。

『問いのない答え』や『三の隣は五号室』などの他作品と同様、ささやかに繋がった（そして本人はその繋がりに気づかない）人間が、それぞれの世界を生きている。主な繋がりはA大学という場所で、それ以上に重要な役割を果たすのが「死」だ。

例えば、学内診療室の受付をしている首藤春菜（しゅとうはるな）が最初に触れる「死」はX JAP

ANのTAIJIだった。その「死」は春菜の友人であり、同じ学内で働く小波美里に引き継がれ、そして二人の共通の友人である根津神子は、二年前に起きたトムラウシの山岳事故「死」に触れる。神子が勝手に読んでいた新聞を拾った小野遊里奈は、若者数名が仕掛けたいたずらで穴に落ちた夫婦の「死」に触れ、遊里奈と同学部の安堂素成夫は、訪れた寄席でスティーブ・ジョブズの「死」に触れる。

あらゆる人が本書で死んでいて、そしてその「死」は、たった一つの、絶対的で決定的な出来事であるはずだ。つまり、それぞれの「死」に触れるとき、人はその「死」そのものの絶対性の前で平等でなければならない。でも、現実はどうだろう。訃報には、有名、無名、微妙な人、知らない人、というようなレベルがあり、「死に方」に関しても、それが悼むべきものなのかどうか、悲しむべきものなのかどうかのグラデーションがある。結果、ある者は心から悼み、ある者は少しだけ悲しみ、ある者は下世話な想像を膨らませるのだ。

大きな物語と小さな物語、という言葉がある。大きな物語は、例えば誰かが成し遂げた偉業であったり、「全米」が涙し、歓喜するようなストーリーだ。一方小さな物語は、日常に横たわる瑣末なことであって、当然歴史に残らないし、世界には届かない。

大きな物語にかき消されてしまう小さな物語を描くのが小説家の仕事であるならば、長嶋有という作家は、最も小さな瞬間をすくい取っていると言える。気にも留めないこと、気には留まったけれど覚えておく必要のないこと、そんな瞬間を、彼は見逃さない。長嶋有という作者その人自体が、「気づく」能力に長けていることはあるだろう（僭越ながら私は作者自身を知っている）し、彼にとってそれは日常であるから、必然として物語に登場するのかもしれない。でも、やはりそれらを、当たり前に描いた小説は稀有だ。

今回は、そこに「死」が当てはまる。大きな物語と小さな物語があるのなら、必然的に大きな「死」と小さな「死」があることになるからだ。誰が死んだのか、いつ死んだのか、どんな風に死んだのか。大きな「死」にかき消される小さな「死」は、やはり世界に数多溢れている。

ここで考えざるを得ないのが、ＳＮＳのことだ。この画期的なツールの登場で、「全米」や世界に届かなかったはずの「小さな物語」（ここにおいては「小さな死」）が届くようになった。どれだけ小さな死であっても、ＳＮＳで適切に悼むことが出来る現代だ。先ほど書いた、「死」そのものの前で平等であることが、ある意味で可能になったと言える。だが作者は、そんな表面上の平等を信じない。彼は登場人物に、

> 「小さな死」に対して、「それぞれ適切なサイズ感」の悼み方をさせている。そんなに滑稽でもない、普通のことだよ。二人を励ますなら、その言い方ではないか。普通、人が死ぬときにかける言葉ではないがドンマイ、と言ってあげたい。二人ともう、いないのだけど。（p69）

人が死ぬことは悲しい。それは当然だ。そして死は誰にも等しく訪れ、その絶対的な喪失は等価だ。でも、だからといってあらゆる「死」を「等価に捉える」ことは不可能なはずで、そしてもちろん、正しく美しい、たった一言の「R.I.P.」で括られるものでもない。不謹慎なことを思ってしまったって、死者に手向ける言葉としてふさわしくない言葉が浮かんでしまったって、何よりそれが正しくなくたって、それは「その人の死への向かい方」なのだ。

そしてもちろん、そうやって他者の「死」に向き合った人も、いずれ死ぬ。ある程度ドラマティックな死に方かもしれないし、ドンマイ、と言われるような死に方かもしれない。夢を語る奴も死ぬし、夢を語らない奴も死ぬ。トラウマを克服した奴も死ぬし、トラウマなんてない奴も死ぬ。みんな死ぬ。そして死ぬとき、当然ながら彼らは、彼らが経験してきた思い出ごと死ぬ。そしてその「思い出」の中で、やはり最も小さなものになるであろう瞬間を、作者は書くのだ。

レンタルビデオ屋で「新作」が「旧作」になる瞬間、ピアニストがピアノを弾くカレーのコマーシャル、自分が「高所恐怖症」と括られることへの違和感、タクシー運転手へのささやかな気遣い、それらはきっと、世界が望む「思い出」には換算されない（少なくとも弔辞などで真っ先に語られるエピソードではないだろう）。「走馬灯に残る思い出選手権」があるとするなら、確実に落選する類のそんな瞬間や感情を孕みながら、人は死ぬ。それら全てを、本当にそれら全てを孕んで、絶対に、死ぬのだ。

やはりインターネットやSNSの登場で、あらゆるものが等価になり、人と等距離を保たなければならなくなったこの世界に対して、この作品は否を表明している。世界は等価でないもので溢れ、それぞれの距離がある。「等しさ」の中で淘汰されてゆくものを書き残すこと、執拗に見つめること。長嶋有の作品は、とても誠実なレジスタンス小説でもあるのだ。

この作品は二〇一七年六月に小社より刊行されました。

|著者| 長嶋 有　1972年生まれ。2001年「サイドカーに犬」で第92回文學界新人賞、翌年「猛スピードで母は」で第126回芥川賞、'07年の『夕子ちゃんの近道』で第1回大江健三郎賞を受賞し、'08年には『ジャージの二人』が映画化された。'16年『三の隣は五号室』で第52回谷崎潤一郎賞受賞。その他の主な小説に『ぼくは落ち着きがない』『ねたあとに』『佐渡の三人』『問いのない答え』『愛のようだ』『私に付け足されるもの』『今も未来も変わらない』『ルーティーンズ』、コミック作品に『フキンシンちゃん』、主なエッセイ集に『いろんな気持ちが本当の気持ち』『電化文学列伝』『安全な妄想』、句集に『新装版　春のお辞儀』がある。

もう生(う)まれたくない

長嶋(ながしま) 有(ゆう)

© Yu Nagashima 2021

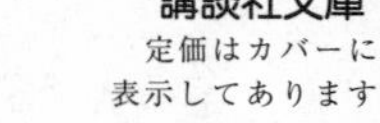

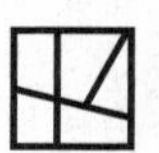

講談社文庫

定価はカバーに
表示してあります

2021年11月16日第1刷発行

発行者——鈴木章一
発行所——株式会社　講談社
東京都文京区音羽2-12-21　〒112-8001
電話　出版（03）5395-3510
　　　販売（03）5395-5817
　　　業務（03）5395-3615

KODANSHA

デザイン—菊地信義
本文データ制作—講談社デジタル製作
印刷———豊国印刷株式会社
製本———株式会社国宝社

Printed in Japan

落丁本・乱丁本は購入書店名を明記のうえ、小社業務あてにお送りください。送料は小社負担にてお取替えします。なお、この本の内容についてのお問い合わせは講談社文庫あてにお願いいたします。

本書のコピー、スキャン、デジタル化等の無断複製は著作権法上での例外を除き禁じられています。本書を代行業者等の第三者に依頼してスキャンやデジタル化することはたとえ個人や家庭内の利用でも著作権法違反です。

ISBN978-4-06-525056-3

講談社文庫刊行の辞

二十一世紀の到来を目睫に望みながら、われわれはいま、人類史上かつて例を見ない巨大な転換期をむかえようとしている。

世界も、日本も、激動の予兆に対する期待とおののきを内に蔵して、未知の時代に歩み入ろうとしている。このときにあたり、創業の人野間清治の「ナショナル・エデュケイター」への志を現代に甦らせようと意図して、われわれはここに古今の文芸作品はいうまでもなく、ひろく人文・社会・自然の諸科学から東西の名著を網羅する、新しい綜合文庫の発刊を決意した。

激動の転換期はまた断絶の時代である。われわれは戦後二十五年間の出版文化のありかたへの深い反省をこめて、この断絶の時代にあえて人間的な持続を求めようとする。いたずらに浮薄な商業主義のあだ花を追い求めることなく、長期にわたって良書に生命をあたえようとつとめるところにしか、今後の出版文化の真の繁栄はあり得ないと信じるからである。

同時にわれわれはこの綜合文庫の刊行を通じて、人文・社会・自然の諸科学が、結局人間の学にほかならないことを立証しようと願っている。かつて知識とは、「汝自身を知る」ことにつきていた。現代社会の瑣末な情報の氾濫のなかから、力強い知識の源泉を掘り起し、技術文明のただなかに、生きた人間の姿を復活させること。それこそわれわれの切なる希求である。

われわれは権威に盲従せず、俗流に媚びることなく、渾然一体となって日本の「草の根」をかたちづくる若く新しい世代の人々に、心をこめてこの新しい綜合文庫をおくり届けたい。それは知識の泉であるとともに感受性のふるさとであり、もっとも有機的に組織され、社会に開かれた万人のための大学をめざしている。大方の支援と協力を衷心より切望してやまない。

一九七一年七月

野間省一

講談社文庫 最新刊

雲居るい
破蕾(はらい)
旗本屋敷を訪ねた女を待ち受けていた、背徳の世界。狂おしくも艶美な「時代×官能」絵巻。

福澤徹三
作家ごはん
全然書かない御大作家が新米編集者とお取り寄せ飯三昧のグルメ小説。〈文庫書下ろし〉

森 博嗣
森には森の風が吹く
〈My wind blows in my forest〉
自作小説の作品解説から趣味・思考にいたるまで、森博嗣100%エッセイ完全版!!

真下みこと
#柚莉愛(ゆりあ)とかくれんぼ
アイドルの炎上。誰もが当事者になりうる戦慄のSNSサスペンス! メフィスト賞受賞作。

長嶋 有
もう生まれたくない
震災後、偶然の訃報によって結び付けられた三人の女性。死を通して生を見つめた感動作。

古野まほろ
陰陽少女
〈妖刀村正(ようとうむらまさ)殺人事件〉
競技かるた歌龍戦まっただ中の三人殺し。親友にかけられた嫌疑を陰陽少女が打ち払う!

山口雅也
落語魅捨理(ミステリ)全集
〈坊主の愉しみ〉
名作古典落語をベースに、謎マスター・山口雅也が描く、愉快痛快奇天烈な江戸噺(ばなし)七編。

ジャンニ・ロダーリ
内田洋子 訳
クジオのさかな会計士
イタリア児童文学の巨匠が贈る、クリスマス・プレゼントにぴったりな60編の短編集!

講談社タイガ
望月拓海
これってヤラセじゃないですか?
「ヤラセに加担できます?」放送作家の了と花史のコンビに、有名Dから悪魔の誘いが。

講談社文庫 最新刊

塩田武士　歪んだ波紋
その情報は〈真実〉か。現代のジャーナリズムを問う連作短編。吉川英治文学新人賞受賞作。

麻見和史　天空の鏡〈警視庁殺人分析班〉
左目を狙う連続猟奇殺人犯を捕まえろ！　大人気「警視庁殺人分析班」シリーズ最新刊！

篠原悠希　霊獣紀〈獲麟の書(上)〉
人界に降りた霊獣と奴隷出身の戦士の戦いと友情。中華ファンタジー開幕！〈書下ろし〉

藤井邦夫　福の神〈大江戸閻魔帳(六)〉
閻魔堂で倒れていた老人を助けてから、麟太郎はツキまくっていたが!?〈文庫書下ろし〉

内田康夫　イーハトーブの幽霊
宮沢賢治ゆかりの地で連続する殺人。被害者が怯えた「幽霊」の正体に浅見光彦が迫る！

矢野　隆　桶狭間の戦い〈戦百景〉
シリーズ第2弾は歴史を変えた「日本三大奇襲」の一つを深掘り。注目の書下ろし小説！

佐々木裕一　妖し火〈公家武者信平ことはじめ(六)〉
江戸に大火あり。だがその火元に妖しい噂があり——実在した公家武者を描く傑作時代小説！

東野圭吾　時生〈新装版〉
トキオと名乗る少年は、誰だ——。過去・現在・未来が交差する、東野圭吾屈指の感動の物語。

創刊50周年新装版
佐藤雅美　恵比寿屋喜兵衛手控え〈新装版〉
訴訟の相談を受ける公事宿・恵比寿屋。主人の喜兵衛は厄介事に巻き込まれる。直木賞受賞作。

講談社文芸文庫

吉本隆明
追悼私記 完全版
解説＝高橋源一郎
よB9
978-4-06-515363-5
肉親、恩師、旧友、論敵、時代を彩った著名人——多様な死者に手向けられた言葉の数々は掌篇の人間論である。死との際会がもたらした痛切な実感が滲む五十一篇。

吉本隆明
憂国の文学者たちに 60年安保・全共闘論集
解説＝鹿島 茂 年譜＝高橋忠義
よB10
978-4-06-526045-6
戦後日本が経済成長を続けた時期に大きなうねりとなった反体制闘争を背景とする政治論集。個人に従属を強いるすべての権力にたいする批判は今こそ輝きを増す。

西村京太郎 新装版 天使の傷痕
西村京太郎 新装版 D機関情報
西村京太郎 十津川警部 猫と死体はタンゴ鉄道に乗って
西村京太郎 韓国新幹線を追え
西村京太郎 北リアス線の天使
西村京太郎 十津川警部 長野新幹線の奇妙な犯罪
西村京太郎 上野駅殺人事件
西村京太郎 京都駅殺人事件
西村京太郎 沖縄から愛をこめて
西村京太郎 十津川警部「幻覚」
西村京太郎 函館駅殺人事件
西村京太郎 内房線の猫たち〈異説里見八犬伝〉
西村京太郎 東京駅殺人事件
西村京太郎 長崎駅(ナガサキ・レディ)殺人事件
西村京太郎 十津川警部 愛と絶望の台湾新幹線
西村京太郎 西鹿児島駅殺人事件
西村京太郎 札幌駅殺人事件
西村京太郎 十津川警部 山手線の恋人
西村京太郎 仙台駅殺人事件

西村京太郎 七人の証人〈新装版〉
仁木悦子 猫は知っていた
新田次郎 新装版 聖職の碑(いしぶみ)
日本文芸家協会編 愛染夢灯籠〈時代小説傑作選〉
日本推理作家協会編 犯人たちの部屋〈ミステリー傑作選〉
日本推理作家協会編 隠された鍵〈ミステリー傑作選〉
日本推理作家協会編 Play(プレイ) 推理遊戯〈ミステリー傑作選〉
日本推理作家協会編 Doubt(ダウト) きりのない疑惑〈ミステリー傑作選〉
日本推理作家協会編 Bluff(ブラフ) 騙し合いの夜〈ミステリー傑作選〉
日本推理作家協会編 Propose(プロポーズ) 告白は突然に〈ミステリー傑作選〉
日本推理作家協会編 Acrobatic(アクロバティック) 物語の曲芸師たち〈ミステリー傑作選〉
日本推理作家協会編 ベスト8ミステリーズ2015
日本推理作家協会編 ベスト6ミステリーズ2016
日本推理作家協会編 ベスト8ミステリーズ2017
二階堂黎人 ラン迷宮〈二階堂蘭子探偵集〉
二階堂黎人 増加博士の事件簿
新美敬子 猫のハローワーク
新美敬子 猫のハローワーク2
西澤保彦 新装版 七回死んだ男

西澤保彦 人格転移の殺人
西澤保彦 麦酒(ばくしゅ)の家の冒険
西澤保彦 新装版 瞬間移動死体
西村 健 ビンゴ
西村 健 地の底のヤマ(上)(下)
西村 健 光陰の刃(やいば)(上)(下)
西村 健 目撃
楡 周平 陪審法廷
楡 周平 宿命(上)(下)〈ワンス・アポン・ア・タイム・イン・東京〉
楡 周平 血戦〈ワンス・アポン・ア・タイム・イン・東京2〉
楡 周平 修羅の宴(上)(下)
楡 周平 レイク・クローバー(上)(下)
楡 周平 バルス
西尾維新 クビキリサイクル〈青色サヴァンと戯言遣い〉
西尾維新 クビシメロマンチスト〈人間失格・零崎人識〉
西尾維新 クビツリハイスクール〈戯言遣いの弟子〉
西尾維新 サイコロジカル(上)〈兎吊木垓輔の戯言殺し〉(下)〈曳かれ者の小唄〉
西尾維新 ヒトクイマジカル〈殺戮奇術の匂宮兄妹〉
西尾維新 ネコソギラジカル(上)〈十三階段〉

西尾維新 ネコソギラジカル(中)〈赤き征裁vs.橙なる種〉
西尾維新 ネコソギラジカル(下)〈青色サヴァンと戯言遣い〉
西尾維新 ダブルダウン勘繰郎 トリプルプレイ助悪郎
西尾維新 零崎双識の人間試験
西尾維新 零崎軋識の人間ノック
西尾維新 零崎曲識の人間人間
西尾維新 零崎人識の人間関係 匂宮出夢との関係
西尾維新 零崎人識の人間関係 無桐伊織との関係
西尾維新 零崎人識の人間関係 零崎双識との関係
西尾維新 零崎人識の人間関係 戯言遣いとの関係
西尾維新 xxxHOLiC アナザーホリック ランドルト環エアロゾル
西尾維新 難民探偵
西尾維新 少女不十分
西尾維新 本題〈西尾維新対談集〉
西尾維新 掟上今日子の備忘録
西尾維新 掟上今日子の推薦文
西尾維新 掟上今日子の挑戦状
西尾維新 掟上今日子の遺言書
西尾維新 掟上今日子の退職願

西尾維新 掟上今日子の婚姻届
西尾維新 新本格魔法少女りすか
西尾維新 新本格魔法少女りすか2
西尾維新 新本格魔法少女りすか3
西尾維新 人類最強の初恋
西尾維新 人類最強の純愛
西村賢太 どうで死ぬ身の一踊り
西村賢太 夢魔去りぬ
西村賢太 藤澤清造追影
仁木英之 まほろばの王たち
西川善文 ザ・ラストバンカー〈西川善文回顧録〉
西川司 向日葵のかっちゃん
西加奈子 舞台
貫井徳郎 新装版 修羅の終わり(上)(下)
貫井徳郎 妖奇切断譜
貫井徳郎 被害者は誰？
額賀澪 完パケ！
A・ネルソン 「ネルソンさん、あなたは人を殺しましたか？」
法月綸太郎 雪密室

法月綸太郎 法月綸太郎の冒険
法月綸太郎 新装版 密閉教室
法月綸太郎 怪盗グリフィン、絶体絶命
法月綸太郎 怪盗グリフィン対ラトウィッジ機関
法月綸太郎 キングを探せ
法月綸太郎 名探偵傑作短篇集 法月綸太郎篇
法月綸太郎 新装版 頼子のために
法月綸太郎 誰彼〈新装版〉
乃南アサ 不発弾
乃南アサ 地のはてから(上)(下)
乃南アサ 新装版 鍵
乃南アサ 新装版 窓
野沢尚 破線のマリス
野沢尚 深紅
野村克也 宮本慎也 師弟
橋本治 九十八歳になった私
原田泰治 わたしの信州
原田泰治 原田武雄 泰治が歩く〈原田泰治の物語〉
林真理子 幕はおりたのだろうか

林　真理子　女のことわざ辞典
林　真理子　みんなの秘密
林　真理子　ミスキャスト
林　真理子　ミルキー
林　真理子　新装版 星に願いを
林　真理子　野心と美貌〈中年心得帳〉
林　真理子　正妻(上)(下)〈慶喜と美賀子〉
林　真理子　大原御幸〈帯に生きた家族の物語〉
林　真理子　さくら、さくら〈おとなが恋して〈新装版〉〉
林 真理子／見城 徹　過剰な二人
原田宗典　スメル男〈新装版〉
帚木蓬生　日御子(上)(下)
帚木蓬生　襲来(上)(下)
坂東眞砂子　欲情
花村萬月　信長私記
花村萬月　續信長私記
畑村洋太郎　失敗学のすすめ
畑村洋太郎　失敗学実践講義〈文庫増補版〉
はやみねかおる　そして五人がいなくなる〈名探偵夢水清志郎事件ノート〉

はやみねかおる　都会のトム&ソーヤ(1)
はやみねかおる　都会のトム&ソーヤ(2)〈乱！　RUN！　ラン！〉
はやみねかおる　都会のトム&ソーヤ(3)〈いつになったら作戦終了？〉
はやみねかおる　都会のトム&ソーヤ(4)〈四重奏〉
はやみねかおる　都会のトム&ソーヤ(5)〈IN塀戸〉(上)(下)
はやみねかおる　都会のトム&ソーヤ(6)〈ぼくの家へおいで〉
はやみねかおる　都会のトム&ソーヤ(7)〈怪人は夢に舞う〈理論編〉〉
はやみねかおる　都会のトム&ソーヤ(8)〈怪人は夢に舞う〈実践編〉〉
はやみねかおる　都会のトム&ソーヤ(9)〈前夜祭　内人side〉
はやみねかおる　都会のトム&ソーヤ(10)〈前夜祭　創也side〉
服部真澄　クラウド・ナイン
原　武史　滝山コミューン一九七四
濱　嘉之　警視庁情報官〈シークレット・オフィサー〉
濱　嘉之　警視庁情報官　ハニートラップ
濱　嘉之　警視庁情報官　トリックスター
濱　嘉之　警視庁情報官　ブラックドナー
濱　嘉之　警視庁情報官　サイバージハード
濱　嘉之　警視庁情報官　ゴーストマネー
濱　嘉之　警視庁情報官　ノースブリザード

濱　嘉之　オメガ　対中工作
濱　嘉之　ヒトイチ　警視庁人事一課監察係
濱　嘉之　ヒトイチ　画像解析〈警視庁人事一課監察係〉
濱　嘉之　ヒトイチ　内部告発〈警視庁人事一課監察係〉
濱　嘉之　カルマ真仙教事件(上)(中)(下)
濱　嘉之　新装版 院内刑事
濱　嘉之　新装版 院内刑事〈ブラック・メディスン〉
濱　嘉之　院内刑事〈フェイク・レセプト〉
濱　嘉之　院内刑事　ザ・パンデミック
濱　嘉之　院内刑事　シャドウ・ペイシェンツ
馳　星周　ラフ・アンド・タフ
畠中　恵　アイスクリン強し
畠中　恵　若様組まいる
畠中　恵　若様とロマン
葉室　麟　風渡る
葉室　麟　風の軍師〈黒田官兵衛〉
葉室　麟　星火瞬く
葉室　麟　陽炎の門
葉室　麟　紫匂う

葉室　麟　山月庵茶会記
葉室　麟　津軽双花
長谷川　卓　嶽〈上・白銀渡り〉〈下・湖底の黄金〉神
長谷川　卓　嶽神伝　無坂(上)(下)
長谷川　卓　嶽神伝　孤猿(上)(下)
長谷川　卓　嶽神伝　鬼哭(上)(下)
長谷川　卓　嶽神列伝　逆渡り
長谷川　卓　嶽神伝　血路
長谷川　卓　嶽神伝　死地
長谷川　卓　嶽神伝　風花(上)(下)
原田マハ　夏を喪くす
原田マハ　風のマジム
原田マハ　あなたは、誰かの大切な人
羽田圭介　コンテクスト・オブ・ザ・デッド
花房観音　恋塚
畑野智美　海の見える街
畑野智美　南部芸能事務所
畑野智美　南部芸能事務所 season2 メリーランド
畑野智美　南部芸能事務所 season3 春の嵐
畑野智美　南部芸能事務所 season4 オーディション
畑野智美　南部芸能事務所 season5 コンビ
早見和真　東京ドーン
はあちゅう　半径5メートルの野望
はあちゅう　通りすがりのあなた
早坂　吝　〇〇〇〇〇〇〇〇殺人事件
早坂　吝　虹の歯ブラシ〈上木らいち発散〉
早坂　吝　誰も僕を裁けない
早坂　吝　双蛇密室
浜口倫太郎　22年目の告白〈―私が殺人犯です―〉
浜口倫太郎　廃校先生
浜口倫太郎　AI崩壊
原田伊織　明治維新という過ち〈日本を滅ぼした吉田松陰と長州テロリスト〉
原田伊織　列強の侵略を防いだ幕臣たち〈続・明治維新という過ち〉
原田伊織　〈明治維新という過ち・完結編〉虚像の西郷隆盛　虚構の明治150年
原田伊織　三流の維新　一流の江戸〈明治は「徳川近代」の模倣に過ぎない〉
萩原はるな　50回目のファーストキス
葉真中　顕　ブラック・ドッグ
原　雄一　宿命〈國松警察庁長官を狙撃した男・捜査完結〉
平岩弓枝　花嫁の日
平岩弓枝　花祭
平岩弓枝　青の伝説
平岩弓枝　はやぶさ新八御用旅(一)〈東海道五十三次〉
平岩弓枝　はやぶさ新八御用旅(二)〈中仙道六十九次〉
平岩弓枝　はやぶさ新八御用旅(三)〈日光例幣使道の殺人〉
平岩弓枝　はやぶさ新八御用旅(四)〈北前船の事件〉
平岩弓枝　はやぶさ新八御用旅(五)〈諏訪の妖狐〉
平岩弓枝　はやぶさ新八御用旅(六)〈紅花染め秘帳〉
平岩弓枝　新装版 はやぶさ新八御用帳(一)〈大奥の恋人〉
平岩弓枝　新装版 はやぶさ新八御用帳(二)〈江戸の海賊〉
平岩弓枝　新装版 はやぶさ新八御用帳(三)〈又右衛門の女房〉
平岩弓枝　新装版 はやぶさ新八御用帳(四)〈鬼勘の娘〉
平岩弓枝　新装版 はやぶさ新八御用帳(五)〈御守殿おたき〉
平岩弓枝　新装版 はやぶさ新八御用帳(六)〈春月の雛〉
平岩弓枝　新装版 はやぶさ新八御用帳(七)〈寒椿の寺〉
平岩弓枝　新装版 はやぶさ新八御用帳(八)〈春怨　根津権現〉
平岩弓枝　新装版 はやぶさ新八御用帳(九)〈王子稲荷の女〉
平岩弓枝　新装版 はやぶさ新八御用帳(十)〈幽霊屋敷の女〉

講談社文庫　目録

平田研也 小さな恋のうた
日野 草 ウエディング・マン
藤沢周平 新装版 春秋の檻〈獄医立花登手控え(一)〉
藤沢周平 新装版 風雪の檻〈獄医立花登手控え(二)〉
藤沢周平 新装版 愛憎の檻〈獄医立花登手控え(三)〉
藤沢周平 新装版 人間の檻〈獄医立花登手控え(四)〉
藤沢周平 新装版 闇の歯車
藤沢周平 新装版 市 塵(上)(下)
藤沢周平 新装版 決闘の辻
藤沢周平 新装版 雪明かり
藤沢周平 義民が駆ける〈レジェンド歴史時代小説〉
藤沢周平 喜多川歌麿女絵草紙
藤沢周平 闇の梯子
藤沢周平 長門守の陰謀
船戸与一 新装版カルナヴァル戦記
藤田宜永 樹下の想い
藤田宜永 女系の総督
藤田宜永 女系の教科書
藤田宜永 血の弔旗

藤田宜永 大雪物語
藤 水名子 紅嵐記(上)(中)(下)
藤原伊織 テロリストのパラソル
藤本ひとみ 新・三銃士 少年編・青年編〈ダルタニャンとミラディ〉
藤本ひとみ 皇妃エリザベート
福井晴敏 亡国のイージス(上)(下)
福井晴敏 川の深さは
福井晴敏 終戦のローレライ I~IV
藤原緋沙子 遠花火〈見届け人秋月伊織事件帖〉
藤原緋沙子 春疾風〈見届け人秋月伊織事件帖〉
藤原緋沙子 暖鳥〈見届け人秋月伊織事件帖〉
藤原緋沙子 霧の路〈見届け人秋月伊織事件帖〉
藤原緋沙子 鳴子守〈見届け人秋月伊織事件帖〉
藤原緋沙子 夏ほたる〈見届け人秋月伊織事件帖〉
藤原緋沙子 笛吹川〈見届け人秋月伊織事件帖〉
藤原緋沙子 青嵐〈見届け人秋月伊織事件帖〉
椹野道流 亡羊の嘆〈鬼籍通覧〉
椹野道流 新装版 暁天の星〈鬼籍通覧〉
椹野道流 新装版 無明の闇〈鬼籍通覧〉

椹野道流 新装版 壺中の天〈鬼籍通覧〉
椹野道流 新装版 隻手の声〈鬼籍通覧〉
椹野道流 新装版 禅定の弓〈鬼籍通覧〉
椹野道流 池魚の殃〈鬼籍通覧〉
椹野道流 南柯の夢〈鬼籍通覧〉
深水黎一郎 世界で一つだけの殺し方
深水黎一郎 ミステリー・アリーナ
深水黎一郎 倒叙の四季〈破られた完全犯罪〉
藤谷 治 花や今宵の
古市憲寿 働き方は「自分」で決める
船瀬俊介 かんたん「1日1食」!!〈万病が治る! 20歳若返る!〉
二上 剛 黒薔薇 刑事課強行犯係 神木恭子
二上 剛 ダーク・リバー〈暴力犯係長 葛城みずき〉
古野まほろ 身元不明〈特殊殺人対策官 箱崎ひかり〉
古野まほろ 陰陽少女
古野まほろ 禁じられたジュリエット
藤崎 翔 時間を止めてみたんだが
藤井邦夫 大江戸閻魔帳
藤井邦夫 三つの顔〈大江戸閻魔帳(二)〉

藤井邦夫　渡世人〈大江戸閻魔帳㈢〉
藤井邦夫　笑う女〈大江戸閻魔帳㈣〉
藤井邦夫　罰当り〈大江戸閻魔帳㈤〉
福澤徹三・糸柳寿昭　忌み地〈怪談社奇聞録〉
福澤徹三・糸柳寿昭　忌み地　弐〈怪談社奇聞録〉
藤井太洋　ハロー・ワールド
藤野嘉子　生き方がラクになる 60歳からは「小さくする」暮らし
辺見庸　抵抗論
星新一　エヌ氏の遊園地
星新一編　ショートショートの広場①〜⑨
本田靖春　不当逮捕
保阪正康　昭和史　七つの謎
堀江敏幸　熊の敷石
本格ミステリ作家クラブ編　子ども狼ゼミナール〈本格短編ベスト・セレクション〉
本格ミステリ作家クラブ編　ベスト本格ミステリ TOP5〈短編傑作選001〉
本格ミステリ作家クラブ編　ベスト本格ミステリ TOP5〈短編傑作選002〉
本格ミステリ作家クラブ編　ベスト本格ミステリ TOP5〈短編傑作選003〉
本格ミステリ作家クラブ編　ベスト本格ミステリ TOP5〈短編傑作選004〉
本格ミステリ作家クラブ選・編　本格王2019
本格ミステリ作家クラブ選・編　本格王2020
本格ミステリ作家クラブ選・編　本格王2021
星野智幸　夜は終わらない(上)(下)
本多孝好　君の隣に
本多孝好　チェーン・ポイズン〈新装版〉
穂村弘　整形前夜
穂村弘　ぼくの短歌ノート
穂村弘　野良猫を尊敬した日
堀川アサコ　幻想郵便局
堀川アサコ　幻想映画館
堀川アサコ　幻想日記店
堀川アサコ　幻想探偵社
堀川アサコ　幻想温泉郷
堀川アサコ　幻想短編集
堀川アサコ　幻想寝台車
堀川アサコ　幻想蒸気船
堀川アサコ　幻想商店街
堀川アサコ　大奥の座敷童子
堀川アサコ　おちゃっぴい〈大江戸八百八〉
堀川アサコ　月下におくる〈沖田総司青春録〉(上)(下)
堀川アサコ　芳一
堀川アサコ　月夜彦
堀川アサコ　魔法使ひ
本城雅人　境界〈横浜中華街・潜伏捜査〉
本城雅人　スカウト・デイズ
本城雅人　スカウト・バトル
本城雅人　嗤うエース
本城雅人　贅沢のススメ
本城雅人　誉れ高き勇敢なブルーよ
本城雅人　シューメーカーの足音
本城雅人　ミッドナイト・ジャーナル
本城雅人　紙の城
本城雅人　監督の問題
本城雅人　去り際のアーチ〈もう一打席！〉
本城雅人　時代
堀川惠子　裁かれた命〈死刑囚から届いた手紙〉
堀川惠子　死刑の基準〈「永山裁判」が遺したもの〉
堀川惠子　永山則夫〈封印された鑑定記録〉

講談社文庫　目録

堀川恵子　教誨師
堀川恵子　戦禍に生きた演劇人たち〈演出家・八田元夫と「桜隊」の悲劇〉
堀川恵子／小笠原信之　チンチン電車と女学生〈1945年8月6日・ヒロシマ〉
誉田哲也　Qros(キュロス)の女
松本清張　草の陰刻
松本清張　黄色い風土
松本清張　黒い樹海
松本清張　連環
松本清張　花氷
松本清張　ガラスの城
松本清張　殺人行おくのほそ道(上)(下)
松本清張　塗られた本
松本清張　熱い絹(上)(下)
松本清張　邪馬台国　清張通史①
松本清張　空白の世紀　清張通史②
松本清張　カミと青銅の迷路　清張通史③
松本清張　天皇と豪族　清張通史④
松本清張　壬申の乱　清張通史⑤
松本清張　古代の終焉　清張通史⑥
松本清張　新装版　増上寺刃傷
松本清張　新装版　紅刷り江戸噂
松本清張　大奥婦女記〈レジェンド歴史時代小説〉
松本清張他　日本史七つの謎
松谷みよ子　ちいさいモモちゃん
松谷みよ子　モモちゃんとアカネちゃん
松谷みよ子　アカネちゃんの涙の海
眉村卓　ねらわれた学園
眉村卓　なぞの転校生
麻耶雄嵩　翼ある闇〈メルカトル鮎最後の事件〉
麻耶雄嵩　痾(あ)
麻耶雄嵩　メルカトルかく語りき
麻耶雄嵩　神様ゲーム
町田康　耳そぎ饅頭
町田康　権現の踊り子
町田康　浄土
町田康　猫にかまけて
町田康　猫のあしあと
町田康　猫とあほんだら
町田康　猫のよびごえ
町田康　真実真正日記
町田康　宿屋めぐり
町田康　人間小唄
町田康　スピンク日記
町田康　スピンク合財帖
町田康　スピンクの壺
町田康　スピンクの笑顔
町田康　ホサナ
舞城王太郎　煙か土か食い物〈Smoke, Soil or Sacrifices〉
舞城王太郎　世界は密室でできている。〈THE WORLD IS MADE OUT OF CLOSED ROOMS〉
舞城王太郎　好き好き大好き超愛してる。
舞城王太郎　イキルキス
舞城王太郎　短篇五芒星
舞城王太郎　私はあなたの瞳の林檎
真山仁　虚像の砦
真山仁　新装版　ハゲタカ(上)(下)
真山仁　新装版　ハゲタカII(上)(下)
真山仁　レッドゾーン(上)(下)

2021年9月15日現在